風のかたみ

葉室　麟

朝日文庫

本書は二〇一七年三月、小社より刊行されたものです。

風のかたみ

一

九州、豊後《ぶんご》の安見《やすみ》藩城下で医者をしている伊都子《いとこ》が、藩の目付方、椎野《しいの》吉左衛《きちざえ》門《もん》の屋敷に呼び出されたのは、夏の盛りのころだった。

伊都子は今年、二十三になる。父親の桑山昌軒《くわやましょうけん》は、名を次郎兵衛《じろべえ》といって元は藩の馬廻役《うままわり》、戸川伝右衛門《とがわでんえもん》につかえた家士《かし》だったが、藩が医者を養成するために設けた集学館で学び、さらに大坂に出て漢方医となった。

その後、安見城下に戻って町医となった。このころ世話するひとがいて、足軽の娘である竹《たけ》を妻に迎え、伊都子が生まれた。昌軒はほかに男子《おのこ》が生まれなかったため、伊都子に望みをかけ、自ら医学を教えた。さらに伊都子が十四歳になると、藩に願い出て女ながらも集学館に通わせた。

このことに母親の竹は、縁遠くなるから、と反対したが、伊都子自身に医学を修めたいという気持が強かったため、最後には竹も折れた。

二十歳のとき、伊都子は集学館での勉学を終えた。さらに大坂に出て、このころ評判となっていた蘭方医、緒方洪庵《おがたこうあん》の適塾に学びたいという願いを藩に出したが、これは、女人《にょにん》が他国で学ぶことを許した前例が無いとしてさすがに許しが出なかった。

それ以来、伊都子は毎年、藩に大坂での蘭学修業を願い出るとともに、父を手伝い、患者を診るようになっていた。

そんな伊都子が目付役になぜ呼び出されたのか、昌軒にもわからなかった。伊都子はわずかに不安を抱きながら椎野屋敷を訪れた。

椎野家の家士に訪《おとな》いを告げると、すぐに奥に通された。間もなく吉左衛門が着流し姿で現れた。着流しのくだけた姿だけにお役目のことではなさそうだ、と思って伊都子はほっとした。

吉左衛門は三十を過ぎたばかりで鼻筋がとおり、眉があがった精悍《せいかん》な面立ちである。

黒く、よく光る目を伊都子に向けた吉左衛門は、

「実は、内密にそなたに頼みたいことがあって、こうして来てもらったのだ」

とさりげなく言った。

伊都子は、手をついて、黙って頭を下げたが、何も言わなかった。吉左衛門は頑《かたく》なな伊都子の様子を見て微笑《ほほえ》みを浮かべた。

「さようにかしこまらずともよい。頼みとは、ある屋敷に赴いて、そこの女人を診てもらいたいのだ」

それならば、医者としての仕事だと思い、伊都子は安堵《あんど》した。しかし、吉左衛門はさらに言葉を継いだ。

「断っておくが、通いで診るのではないぞ。その屋敷に住み込んで欲しいのだ」

「住み込むのでございますか」

伊都子は目を丸くして顔をあげた。

「そうだ。その屋敷には女人ばかり、七人が住んでおる。それゆえ、男の医者を遣《や》るわけにはいかぬ」

吉左衛門はじっと伊都子を見据えた。

「ご病人は何人おられるのでございましょうか」

「ひとりだ。もっとも、すでに六十を過ぎて、体が弱っているということであろうがな。さらに、怪我人《けがにん》がひとりおる。こちらは、二十歳になったばかりだ。傷の手当てをするだけでよい」

「それだけのことにて、医者が住み込まねばならぬとは思えませんが」

伊都子は首をかしげた。

「だから、いささかわけがあるのだ」

吉左衛門は言葉を切ってから、じっと伊都子を見据えた。あたかも伊都子が秘密を守れるかどうかを見定めようとしているようだ。しばらくして、吉左衛門はゆっくりと口を開いた。

「そなた、ひと月ほど前に、御一門衆の佐野了禅《さのりようぜん》様が誅殺《ちゆうさつ》された件を存じおるか」

伊都子は体を固くした。

佐野了禅と言えば、藩主安見壱岐守保武《いきのかみやすたけ》の一門衆の中でも最も力のあるひとだと聞いていた。それだけに重臣たちと対立し、藩主ともそりがあわない、などと噂《うわさ》されていた。

そんな了禅がひと月前、突然、上意討ちにあったことは城下でも話の種になっていた。

その日の朝、突然藩兵が屋敷を取り囲み、上意を伝える使者が開門を求めた。門が開かれると、使者は奥に通り、了禅と嫡男の小一郎《こいちろう》、次男の千右衛門《せんえもん》に、

――不届きの次第これあり、切腹申しつける
という下達状を読みあげた。すでに六十を過ぎて髷《まげ》は白髪だが、赤ら顔で壮者をしのぐたくましい体つきの了禅は、

「なぜ、わしが腹を切らねばならぬのだ」

と嗤《わら》った。使者があわてて、

「上意でござるぞ」

と言うと、長男の小一郎が、

「何が上意」

と吐き捨てるように言った。さらに次男の千右衛門も使者をにらみつけた。

「父上が死なねばならぬわけをお聞かせ願いたい」

使者は息を呑《の》んだ。

「上意を拒まれるか」

「まことの上意ならば、受けよう。しかし、それは偽りの上意であろう」

了禅は言い放つと、立ち上がって控えの間の襖《ふすま》をがらりと開けた。そこには、弓矢、槍《やり》、薙刀《なぎなた》から鉄砲までが積まれていた。さらに、小一郎が広縁への障子を開け放った。

中庭にはすでに鉢巻を締め、武具で身を固めた家士十数人が槍を手に控えている。

「謀反《むほん》されるおつもりか」

使者はうめくように言った。了禅はじろりと使者を見据えた。

「謀反などではない。武門の意地を通すまで。此度《こたび》のこと壱岐守様は家老の辻将監《つじしょうげん》にたばかられておわすのだ。そのことはいずれ明らかになろうゆえ、城に戻ったならば、辻に首を洗って待てと言っておけ」

了禅の言葉が終わらぬうちに、使者は這《ほ》う這《ほ》うの体で屋敷から出ていった。

屋敷を包囲した藩兵の指揮官は使者が逃げ戻って、了禅が戦うつもりでいると告げても、驚かず当然のように、

——かかれ

と大声を発した。藩兵は門を押し破ると屋敷内に雪崩《なだ》れ込んだ。

了禅はこれを迎え撃ち、屋敷内や中庭で死闘を繰り広げた。襲いかかる藩兵を何度か押し戻した了禅は、やおら奥座敷に入ると腹を切った。これを見定めた小一郎が屋敷に火を放った。

屋敷が炎上する中でなおも戦いは繰り広げられたが、やがて燃え落ちようとする屋敷に小一郎と千右衛門は駆けこんだ。

了禅と死をともにするためだった。

藩兵たちは炎に巻かれることを恐れて、いったん退いた。屋敷の焼け跡から了禅らしい遺骸が見つかった。さらに六人の亡骸が見つかったが、この中で小一郎と千右衛門がどれなのかはわからなかった。

「おそらく、小一郎殿と千右衛門殿は了禅様とともに亡くなったと思えるが、家士たちの中には煙に紛れて逃げ延びた者もいたようだ」

吉左衛門は、了禅が上意討ちにあった一件を話し終えた。

伊都子は戸惑った。佐野了禅が上意討ちにあったことと、ある屋敷に住む女人たちを診なければならないことがつながらなかった。

「わたくしが診るのは佐野家にゆかりの方たちでございますか」

吉左衛門はあっさりとうなずいた。そして、屋敷にいるのは、

了禅の妻、きぬ
小一郎の妻、芳江《よしえ》と娘の結《ゆい》
千右衛門の妻、初《はつ》
女中の春《はる》、その、ゆり
だと言った。
「その方々は上意討ちの際にはお屋敷においでではなかったのでございますか」
伊都子は訝《いぶか》しく思った。
佐野了禅は、上意討ちにあうことを覚悟していたようだ。だとすると、武家ならば、まず家族の女たちの命を絶ち、そのうえで存分に戦った後、死ぬのではないのか。
家族とともども死を迎えるのは、非情なことではあるが、武家とはそのようなものだ、と伊都子は聞いていた。吉左衛門はうなずいた。
「そなたが、不審に思うのも無理はない。わたしも、佐野様がなぜそうされたのかは、わからぬが、上意討ちにあう数日前、一家の女人をことごとく塚原《つかはら》の屋敷に移しておられた。上意討ちの後、佐野様の奥方から女人たちが塚原にいること、御処分をお待ちすることが藩庁に届けられた。藩ではまだ処分を決めかねているところだ」

「塚原と申せば、木瀬《きせ》川に近いあたりでございますね」

木瀬川は城下はずれを流れる大きな川で塚原のあたりから三里ほど下った河口から豊後水道へ注いでいる。

「そうだ。佐野家は毎年、夏の暑気をその屋敷で避けていたそうだ。佐野様は茶を嗜《たしな》まれ、風雅を好む方であったゆえ、その屋敷を木瀬川に来る鷺《さぎ》にちなんで白《しら》鷺《さぎ》屋敷と名づけておられたそうだ」

「白鷺屋敷」

夫や父を失った女たちがひっそりと暮らす屋敷にふさわしい名だと伊都子は思った。

「あるいは、佐野様を木瀬川近くの屋敷にひそませ、上意討ちにあう前に屋敷を脱《ぬ》け出て木瀬川を舟で下り、他国へ逃げる支度をされていたのかもしれぬのだ」

さようでございますか、とつぶやいて伊都子はうつむいた。

男たちが上意討ちの手から逃れてともに他国へ出ようと待っていた女たちはどのような気持でいたのだろう、と思った。

吉左衛門は腕を組んだ。

「だがな、それだけとも思えぬ。佐野様は何かお考えがあって女たちを逃がしていたのではないか、という気もするのだ」

「それは、いかなることでございましょうか」

伊都子が訊《き》くと、吉左衛門は厳しい表情になった。

「そのことは、いずれ話す。そなたにかの屋敷に住み込んでもらうのは、かの女人たちを死なせぬためだ」

「生かせとの仰せでございますか」

伊都子は目を瞠《みは》った。

上意討ちの家族なら死罪や流刑などの重刑が科せられてもしかたがないはずだ。それなのに、生かそうとするとは随分と寛大ではないか。

「藩ではいまだに、佐野様の意図を図りかねておる。いや、はっきり言えば辻ご家老が、何としても佐野様が何を考えておられたのかを探り出せ、と厳命されているのだ。何といっても武家の女たちだ。主人が亡くなったからには、いつ自害して果てるかもしれぬ。だが、真相がわかるまで白鷺屋敷の女たちを死なせてはならぬと仰せなのだ」

「それで、わたくしを」

「そうだ。もし、誰ぞが自害を図ったおりには、すぐに手当てをいたさねばならぬ。そのためには、女医者に住み込みでいてもらうのが、一番良いと思うたのでな」

「ですが、武家の奥方様たちは、いっかいの町医であるわたくしを軽んじられると思います。わたくしでお役目が務まるのでございましょうか」

伊都子は眉をひそめた。

「城下に女医者はそなたのほかにはおらぬではないか。それに、白鷺屋敷の女たちを生かすだけでなく、もうひとつ確かめてもらいたいことがある。それも女医者でなければむずかしいことだ」

「どのようなことでございますか」

「実は、此度の上意討ちはお世継ぎの話がもとなのだ。いまの殿には男子がおわさぬ。それで、辻ご家老はご親戚である江戸の旗本から養子を迎えようとされておった。それが佐野様には気にいらなかったのだ。なぜ、一門衆から養子をとらぬか、ということだな」

吉左衛門の話を伊都子は黙って聞いていた。

佐野了禅の上意討ちがいずれにしても藩主家と一門衆の争いであるからには、

世継ぎをどうするかということで確執があったのは察しがつくことだった。

「佐野様はこのことについて辻ご家老と激しく遣り合った際、殿の前に出て、もし、いまいる一門衆の者たちが、いずれもただいまは家臣でございますゆえ、いかぬとお思いなら、これから生まれてくる者ならいかがでござる、と迫ったそうだ」

吉左衛門は意味ありげに伊都子を見つめた。伊都子ははっとした。

「では、白鷺屋敷におられるご嫡男かご次男の奥方様のどちらかが懐妊をされているということでございましょうか」

吉左衛門はにやりとした。

「さて、何も奥方とは限るまい。女中に手をつけて、子ができてから側室にした例は世間にいくらでもあろう」

「まさか、そのような」

伊都子は眉をひそめたが、たしかに世間ではありがちなことだとも思った。だが、いずれにしても、白鷺屋敷の女たちは生まれてくる赤子を守るために身を寄せ合っているということなのだろうか。

吉左衛門は咳払《せきばら》いして言った。

「誰が身籠っているかなど、男の医者をいくら遣わしてもわかることではない。それゆえ、そなたに白羽の矢を立てた、というわけだ」

吉左衛門は、はっは、と笑った。しかし、伊都子は笑顔になれなかった。もし、誰かが身籠っていることがわかり、それを吉左衛門に伝えればどうなるのか。藩では後の面倒を恐れて母親もろともお腹《なか》の子供を殺そうとするのではないか。そんな恐ろしいことの手助けはできない。

伊都子がこの話は断ろうと口を開きかけたとき、吉左衛門が機先を制した。

「そなた、大坂に出て緒方洪庵の塾に学びたいとの願い書を藩庁に出していたな。白鷺屋敷での務めを果たしたならば認めてやってもよいぞ。それに藩でも間もなく白鷺屋敷の女人たちの処分を決めるだろう。それまでの辛抱ではないか」

吉左衛門になだめるように言われて、伊都子は顔を伏せた。

（しばしの間のことならば、何とかできるかもしれない）

伊都子がそう考えたのを察して、吉左衛門は大きく頭を縦に振った。

「よし、頼むぞ。白鷺屋敷の女たちを生かすのだ」

伊都子は唇を嚙《か》んだ。

いま、自分は蘭方を学びたいという夢のために白鷺屋敷の女たちの不幸を踏み台にしようとしている、と思った。

二

――三日後

伊都子は塚原の白鷺屋敷に向かった。

佐野了禅の遺族たちを住み込みで診るために行くと話すと昌軒は苦い顔をした。竹は、

「そんなことをしなくとも、嫁に行けばいいのです」

といつもの調子で止めようとした。だが、伊都子が無事、お役目を果たせば、大坂への遊学を認めてもらえるかもしれない、と話すと、とたんに昌軒は目を輝かせ、自分の膝をぴしゃり、と叩《たた》いて、

「ならば、白鷺屋敷に行け」

とあっさり承知した。それからはいつものように竹が食ってかかって昌軒との間で夫婦喧嘩《げんか》が始まった。

伊都子は自分の居室に戻って思いをめぐらしたが、どう考えてもこの機会を逃

せば生涯、大坂には行けないだろう、と思った。

（後は白鷺屋敷に行ってから考えるしかない）

伊都子は覚悟を定めて家を出てきたのだ。住み込むための身の回りの品などは昨日のうちに目付方の小者が白鷺屋敷に運んでくれていた。

相変わらず晴れて、蒸し暑い日だった。

伊都子は歩きながら、もし、大坂に出ることができたら、戸川清吾《せいご》に会えるかもしれない、と思った。

清吾は父の昌軒にとって主筋《しゅうすじ》の戸川伝右衛門の息子だった。

伊都子とは幼馴染《おさななじみ》だが、藩校の秀才ということもあって、早くから大坂での勉学を認められ、五年前に緒方洪庵に弟子入りして適塾に入っていた。

そのことを清吾からの手紙で知った昌軒は何度も伊都子に、

「清吾殿はどれだけ大きくなられるかわからないぞ」

と羨ましげに言った。

伊都子は清吾に思いを抱いたわけではなかったが、父が絶賛するだけに気にはなっていた。いつか机を並べて勉学に勤《いそ》しみ、追い越してみたい、という願望を抱くようになっていた。

そのためにも大坂に行かなければ、とあらためて自分を叱咤《しった》した。

伊都子の脳裏に清吾の面影が浮かんだ。

やさしげだが、意志の強さを示すように口元が引き締まり、額が広く、考え深げな目をしていた。

怜悧《れいり》で冗談などは口にしないが、いつも生きにくそうなぎこちなさを抱えており、その仕草を思い出すだけで伊都子は微笑を浮かべた。

城下のはずれに出て田畑の間の道を通っていくと杉林が続いた。少し小高くなったあたりに出ると、木瀬川に注ぐ支流の荒神《こうじん》川の河畔《かはん》にほど近い屋敷が見えてきた。

伊都子は背中が汗ばむのを感じながら、屋敷の門前に立った。門の屋根が黒々とした影を落としている。

伊都子は門をくぐり、玄関前に立つと訪いを告げた。

しんと静まりかえった屋敷の中からひとが動く気配がして、若い女中が出てくると式台に膝をついた。

色白で小柄なととのった顔立ちをした女だった。女中の春、その、ゆりのうちの誰なのだろうか、と思いながら、伊都子は、

「目付方の椎野吉左衛門様のお言いつけで参りました。医師の桑山昌軒の娘で伊都子と申します」

と告げた。女中はじっと伊都子を見つめていたが、はっとわれに返って、

「うかがっております」

と言ってから、大奥様は臥《ふ》せっておいでですから、若奥様がお会いになります、と言い添えた。

「さようですか」

伊都子はうなずきながら、あなたのお名前をうかがわせてください、と言った。女中は驚いた顔をして、

「春でございます」

と答えた。春に案内されて伊都子が客間に通ると、すぐに藤色の着物を着たほっそりとした体つきの女が出てきた。春はすぐに下がった。

女は伊都子と向かい合って座るなり、

「わたくしは佐野小一郎の妻の芳江と申します」

とはっきりした口調で言った。上意討ちにあった夫の名をためらわずに口にするのは、夫の名を汚すまいとする妻としての気概なのだろう。

伊都子は頭を下げた。

「この屋敷におられる皆様を診るように仰せつかって参りました」

「みるとは、何をみるのですか」

芳江の声音にわずかに棘《とげ》が感じられた。伊都子は顔を上げた。

「皆様の病でございます」

芳江は薄く笑った。

「そう言われても信じられませんね。まことはわたくしたちを見張り、薬と称して毒を盛る役目なのではありませんか」

ひややかな言葉に伊都子は眉をひそめながら、

「滅相もないことでございます。わたくしは椎野様から、皆様を診て生かすようにと頼まれたのでございます」

芳江は能面のように無表情になった。

「生かせ、とは、わたくしどもにさらに生き恥をさらさせようということなのですね」

芳江の言葉に伊都子はどきりとした。

白鷺屋敷の話を聞いたときから、かすかに胸にあったことだ。父や夫が亡くなって、なおも後を追わずにいるのは、却《かえ》って酷《むご》いことなのではないかと思っていた。

「生き恥などと、とんでもないことでございます」

なだめるように伊都子が言うと、芳江はため息とともに苦しげにつぶやいた。

「心の中ではそう思っているのでしょう」

そんなことはない、と言おうとしても言葉が出てこなかった。上意討ちがあってから、このひとはずっと苦しんできたのだろう、と思った。

どう言ったらいいのか、と考えていると、縁側にひとの気配がした。見ると五、六歳のかわいらしい女の子だった。

芳江の娘の結だろう。結は縁側に膝をついて、びっくりしたように伊都子を見つめてから、

「おばあ様が、お客人をお部屋に連れてくるように、と仰せです」

と言った。

芳江は眉をひそめた。

「義母上《ははうえ》様が」

つぶやいて、少し考えてから立ち上がった芳江は、こちらへ、と伊都子をうな

がした。

きぬのもとへ連れていくつもりなのだ、と悟って伊都子は緊張した。御一門衆の佐野了禅の奥方ともなれば、伊都子にとって雲の上のひとだ。医師として病を診るのならば、誰が相手でも怖《お》じることはないが、まだ、医師として遇されていないだけに会うことにためらいがあった。

伊都子が迷って立ち上がりかねているのを見て、芳江はつめたく、参りますぞ、何をぐずしておられますか、と言った。

伊都子はやむなく立ち上がった。

きぬの居室は屋敷の奥まったところにあった。

伊都子が結と芳江に導かれるようにして部屋に入ると、きぬは病床の上に起き上がり、端座していた。

「義母上様、さように起きられてはお体に障りましょう」

芳江が心配して声をかけると、きぬはにこりとした。

「案じるには及びません。医師殿にお会いするのですから、何かあっても助けてくださるでしょう」

きれいな白髪で鼻が秀で頬が豊かでふっくらとした顔をしている。明るい声で話し、言葉を発するたびに笑みがこぼれる。

「医師殿は今日からこの屋敷におられるそうですね」

「さようでございます」

伊都子は手をつかえ、頭を下げた。このひとの前では自然に頭が下がるようだ、と思った。芳江がその様を見ながら皮肉な口調で言った。

「この方は、目付方の命により、この屋敷にわたくしどもを見張りに来たのではないかと思います」

きぬはうなずいた。

「そうだと思います。わたくしたちは皆、死に遅れたと思っております。そんな女子《おなご》が思い切ったことをしたときに、助けるのがこの方のお役目でしょう」

伊都子は何も言えず、目を伏せた。

「そうでしょうか。藩にとって、わたくしどもは厄介者です。ご重役方は早くあの世へ逝って欲しいと思っているに違いありません」

芳江は苛立《いらだ》たしげに言う。きぬは縁側にいた結を手招きした。

結はにこりとしてきぬの傍《そば》に行き、膝に乗って甘えてしがみついた。きぬは結

の頭をやさしくなでながら、

「芳江殿、あなたには結がいるではありませんか。軽はずみなことを言っては結も同じ定めに巻き込むことになりますよ」

と言った。芳江ははっとして結を見つめた。

芳江の頰に血の気がさし、目が穏やかになった。

「申し訳ございません。小一郎様が亡くなられてより、気分が晴れず、暗いことばかりを考えてしまうようです」

きぬはにこやかに言った。

「それは誰しも同じことです。わたくしたちは、これからもあのことを背負って生きていかねばならないのですから」

「義母上様は」

芳江は、これからも生きていかれるつもりなのですか、と訊きたかったようだが、そばに結がいるからなのか、口をつぐんだ。きぬは微笑を浮かべて、

「ともかく、お世話になるのですから、よろしくお願いいたします。ただし、ここで見たり、聞いたりしたことは他言無用に願います」

と言った。伊都子が驚くと、きぬはゆっくり頭を縦に振って、

「それがあなたのためです」

と付け加えた。

その声には一門衆の奥方としての威厳が込められていた。さらに、きぬは今日のうちに千右衛門の妻、初に会っておくように、と告げた。すると芳江は、わたくしはあの方と顔を合わせたくないので、と言ってそっぽを向いた。

伊都子が困惑していると、結がきぬの膝から立ってきた。

「わたしが連れていってあげます」

結に言われて、伊都子はきぬに頭を下げてから立ち上がった。芳江は顔を合わせようともせずにあらぬ方を見つめている。

結は伊都子の手を引いて縁側に出ると、廊下を何度も曲がってから、渡り廊下の先にある離れへと連れていった。

離れまで来ると荒神川が近いからか、せせらぎの音が聞こえてきた。結は障子に手をかけ、

――叔母上様
と声をかけながら開けた。座敷の中で臥せっていた若い女がゆっくりと起き上

がった。

ひと目見て伊都子は息を呑んだ。

初は髷を結わず、黒髪を背中にたらしている。肌が青ざめて見えるほど白く、細い筆で描いたような顔は丸みを帯びて優美だった。頭から肩の上や腰にかけてもゆったりとなだらかだった。

伊都子は手をついて、

「今日からこのお屋敷でお世話になります。桑山伊都子でございます」

とあいさつした。初は儚《はかな》げな笑みをうかべて、

「こちらこそお世話になります」

と鈴を振るような声で応じた。気が付くと初は首のまわりに白い布を巻いている。

「お怪我をなさいましたか」

訊かれて、初は困ったように首元を押さえた。初が何も言わないのを見て、伊都子は身を乗り出した。

「申し訳ございません。わたしは医者ですので、これからは傷の手当てもいたします。見せていただいてよろしいでしょうか」

初はこくり、とうなずいた。

伊都子は軽く頭を下げてから、初に近づき、首に巻かれた布をゆっくりとはがしていった。やがて、白いのど元に刀の刺し傷らしいものが見えた。

「これは、ご自分で」

伊都子が訊くと、初はふたたび、こくりとうなずいた。そして、

「上意討ちの報せ《しら》が届いたとき、わたくしは錯乱してしまいました。思わず懐剣でのどを突いたのです。ところが、まわりの者がそれに気づいて助けてくれました。あのまま、あの世に逝けばよかったと今でも思います。そうすれば、いまごろ旦那様のもとに居られたのですから」

初は遠くを見るような目で空《くう》を見つめて言った。首元の傷は無惨に青黒くなっている。このまま完治したとしてものどの傷は生涯にわたって残るにちがいない。

伊都子はため息をつく思いで傷跡を見つめてから白い布を巻きなおしていった。

そのとき、初がくすり、と笑った。

なぜなのかわからないが、妖気のようなものが漂った。

伊都子は背筋にひやりとするものを感じた。

三

白鷺屋敷に入った伊都子が驚いたことは、女たちが屈託なく楽しげに暮らしていることだった。

それぞれ、父や夫、息子を死なせているのに、そのことはほとんど口には出さず、女らしく日々の楽しみ事や愚痴について小鳥がさえずるようにして話している。

さらに女人ばかりの屋敷とは言っても昼間には藩に命じられた下僕がやってきて、野菜や魚を届け、水汲《みずく》みや薪割《まきわ》りなどもしていく。

そんなおり、三人の女中はまだ年若い下僕に話しかけ、城下の話を聞きたがったりする。そんな女中たちの振る舞いを本来なら芳江が厳しく咎《とが》めそうなものだが、何も言わないのは、下僕の口からでも城下の話を聞きたいという思惑があるからだろうか。

いや、それよりも、世間から切り離された女たちの中にある渇きがそうさせるのかもしれない。

年若い下僕は問われるままに城下の噂話はするのだが、さすがに佐野了禅の一件に関わることや、藩の重役たちの動向については口にしないだけのわきまえがあった。

白鷺屋敷で伊都子がするのは、きぬの薬の調合と初の傷の回復具合を見ることだけだった。後は芳江の娘の結が時折り、熱を出すので、熱さましの薬を飲ませることぐらいだ。

春とその、ゆりという三人の女中は若い女だけに日々、体の不調もあるだろうが、伊都子に相談をすることがないのは、芳江から伊都子に近づくことを禁じられているからだろう、と思えた。

目付方の椎野吉左衛門は、白鷺屋敷の女たちを死なせるな、と伊都子に命じたが、同時に誰かが身籠っているかもしれないから、そのことも探れと言った。そのおり、身籠っている女子は芳江と初というふたりの奥方だけでなく、三人の女中の中にいるかもしれない、ともほのめかした。

芳江が女中たちを伊都子に近づけないようにしているとすれば、そのことが明らかになるのを嫌ってかもしれない。だが、もし、そうだとすると、身籠らせたのは、誰なのであろうか。

了禅の嫡男の小一郎か、あるいは次男の千右衛門か、まさか了禅自身だということはないだろうが、などと考えつつも、伊都子には何が起きているかを突き止めようという気はさらさら無かった。

もし、誰かが身籠っているとすれば月満ちればおのずから明らかになることで、藩に早く報せたところでどうなるものでもない。

たとえ、吉左衛門から怠慢を叱責されても、所詮、女人の体のことは男にはわからないだけに、何とでも言い繕うことはできる、と伊都子は思っていた。

それよりも気になるのは、屋敷にいる女たちを取り仕切っているのは、やはりきぬで、芳江は皆に口うるさく言うものの、実はきぬを頼り、時に戸惑いを隠せないでいる。

しかし、初だけは別なところにいて、きぬの叱責も上手にかわし、まして嫂《あによめ》の芳江にはさほどの気遣いも見せないでいる。

それをあたかも当然のことのようにまわりの女たちも見ているのはなぜなのだろうか、と伊都子は訝しかった。また、不思議に思えるのは、傷を診るため初のかたわらに行くと、ひやりとつめたいものが首筋をなでたような気がすることだ。

初は口数が少なく、とくに何も言うわけではないのだが、口辺に浮かべる笑みですら、何となくひややかに思える。

自分の錯覚であろうかと思って、傷を診るたびに初に話しかけてはみるのだが、はかばかしい言葉は返ってこない。決して素っ気ないわけではなく、丁寧な口調で話してはいるのだが、すべてが上の空で心がこもっていない。

(このひとは生きたいとは思っていないのではないか)

そんなことを思ってしまうのだが、では初がかぼそく、いまにも命が絶えそうな儚げな女かというと、そうでないことははっきりとわかる。

初は生きたいとは思っていないだろうが、死にたいなどとは思わぬしぶとさがあるような気がする。

白鷺屋敷で暮らすようになった伊都子にとって気になるのは、やはり、きぬと初だった。

ある日、薬を持っていったおりに、初のことをどう思うか、ときぬに聞いてみた。

きぬは、初殿、初殿と二度、つぶやいた後で、

「あのひとは、佐野家に嫁いだことを悔いておられましょうね」

と言った。伊都子は目を瞠った。女子が一度、嫁してから悔いるなどというこ

とがあるのだろうか、と思った。

「さようなことがあるものなのでしょうか」

伊都子が思わずもらすと、きぬは面白そうに伊都子を見つめた。

「あなたは、まださようなことを思わないかもしれませんが、女子は悔いをひきずって生きて行く生き物だとわたくしは思います。あのとき、ああすればよかった。こうしておれば、いまとは違っていただろう。そう思うのが女子の煩悩であり、業《ごう》であろうかと思います」

伊都子は首をかしげた。

「初様にもそのようなことがおありだったのでしょうか」

伊都子が訊くと、きぬは、さあ、どうでしょうか、とつぶやいたが、すぐに、

「初殿の父上は藩医の滝田《たきた》道栄《どうえい》殿です。実家は城下の桜小路にありましたが、そのためか、初殿は十五、六歳になると桜小路小町と呼ばれていたそうです」

初の父が藩医の滝田道栄だと聞いて伊都子は目を見開いた。道栄はもともと漢方医の家に生まれたが漢方に飽き足らず、長崎に赴いてオランダ医学を学んだひとだ。帰国後、三人いる藩医のひとりとなったが、蘭方医としての名声は高く、他国から訪れて弟子になる者も多かった。

伊都子もまた、入門したいと思ったが、道栄は藩医であるため門人は士分からしかとらないと知って断念したのだ。そんな道栄の屋敷が桜小路にあることを伊都子はあらためて思い出した。

桜小路とは、城の大手門に近い馬場沿いの道で桜の並木があることから、そう呼ばれる。馬場に近いあたりは家臣の中でも上士の屋敷が建ち並んでいる。それだけに、子女も多く、その中で小町とまで呼ばれた初の美しさは際立っていたということだろう。

伊都子が思いをめぐらしているときぬは話を続けた。

「初殿には持ち込まれる縁談が山のようにあったそうですが、ちょうど一年前にわが家に嫁されました。ところが一年足らずの間に佐野家は悲運に見舞われました。無論、泣き言を表には出しませんでしたが、初殿はさぞや嘆かれたであろう、と思います」

佐野家は藩主安見壱岐守保武の一門衆という名家だけに桜小路小町であった初にとっても嫁することが誇りだったのではないだろうか。

一年足らずで夫が非業の最期を遂げ、自分も白鷺屋敷で幽閉同然の身となり、いずれ死なねばならない身の上になるなど思いもしなかったに違いない。あまりに儚い境遇の転変に、神仏にさえ恨みを言いたい気持になっただろう。

「特に初殿は目付方の椎野吉左衛門殿との縁組がほぼ決まりかけていたのを、わたくしの夫の了禅が割って入り、結局、わが家に初殿を貰《もら》い受けたのですから、初殿にとって悔やんでも悔やみきれないでしょうね」

椎野吉左衛門の名が出て伊都子はまた目を瞠った。

「椎野様と初様の間に縁組話があったのでございますか」

「そうです。もともと、次男の千右衛門と椎野殿は藩校で机を並べた仲で、随分と親しくしていたのですが、初殿を横取りされて以来、椎野殿は千右衛門との交際を絶ったようです。思えば、わたくしの夫も罪なことをいたしたものです」

「そうだったのでございますか」

あるいは吉左衛門が伊都子を白鷺屋敷に送り込み、女人たちを死なせるなと命じたのは、初を死なせたくない、という思いがあったのかもしれない。初もまた吉左衛門との縁組がととのうことを望んでいたのではあるまいか。

伊都子がそんなことを思いつつ、きぬの前から下がろうとすると、きぬは思い出したように口を開いた。

「もっとも、わが家からの縁組話が持ち込まれたとき、真っ先に乗り気になって、いわば椎野殿を振ったのは、初殿らしいですから、さほど文句を言えた筋ではありませんね」

にこやかに微笑みながらもきぬはあっさり、突き放すように言った。

きぬの薬を調合した後は初の部屋にまわるのが、伊都子の日課だった。きぬのもとで初の話をしたとき、初にはなぜかそのことがわかるらしかった。

「義母上様にはご機嫌はよろしゅうございましたか」

丁寧な言葉遣いながら、初はあらぬ方に目を遣りながら言った。伊都子が素知らぬ顔で、ご機嫌麗しゅうございました、と答えると、初は唇をすぼめて、
嘘《うそ》
と言うのだった。伊都子が答えられないでいると、初は思いがけない話を始めた。

「わたくしが佐野家に嫁ぐ前に実家に縁組が六件、申し込まれて両親は困っておりました」

「さようですか」

しかたなく伊都子が相手をすると、初は、わたくしはとても困りました、と言

った。

「縁組の中でも一番、ご熱心だったのが椎野吉左衛門様で、ご本人、自らわが家にお出《い》でになって父に直談判《じか》されたそうなのです。毎年、春にはわたくしの実家に近い、城下の馬場にひとが集まって桜小路の桜を見物されます。中には弁当や毛氈《もうせん》持参で来られる方もあってにぎわうのですが、そんなおり、花見に出たわたくしを椎野様はご覧になったということでした」

思い出を語る初の目には輝きがあった。

「それで椎野様は縁談を持ち込まれたわけですね」

「そうなのです。それからは、もう大変でした。父に直談判にお見えになるだけでなく、延慶寺《えんけいじ》で歌会が開かれてわたくしが母とともに招かれて出席したおりには歌会の席にお出でになり、しきりにわたくしに話しかけられました。わたくしは恥ずかしくてどこかに消えてしまいたいような思いがしました」

初は艶然と笑った。

このひとは嘘をついている、と伊都子は脈絡もなく、思った。伊都子が会った吉左衛門は怜悧で、およそ、初が言うようなことをしそうには見えなかった。

仮にそんなことがあったにしても、夫が亡くなった後で口にすることではない、と伊都子には思えた。

しかし、そんな伊都子の思いとは関わりなく、初は、

「そう言えば、伊都子殿は椎野様のお言いつけでここに参られたとのことですが、まことでしょうか」

「はい、さようです」

「ならば、わたくしどものことを椎野様にお話しになることもおありなのでしょうね」

「いずれそのような機会もあるかとは存じますが」

戸惑いながら言うと、初はじっと伊都子の目を見つめてきた。

「ならば、さようなおりに申し上げてください。初は椎野様のことをよく覚えております。ただいまは苦境にありますが、お気持がおありでしたら、お救いくださるように、と」

伊都子は眉をひそめた。

「それでは、まるで初様がおひとりだけ助かろうとしているようにも聞こえますが」

思わず伊都子が言うと、初は声をあげて笑った。

「何をおっしゃいますか。さようなことはありません。わたくしは自らが犠牲になってでも皆を助けたいと念じているのですから」

「さようなれば、ただいまのお言葉は椎野様にお伝えしないほうが、いいかと存じます。椎野様がどのように誤解されて動かれるかわかりませんから」

伊都子は思い切って言ってのけた。すると、初は悲しそうに目を伏せた。愁いに満ちた表情が女である伊都子ですらはっとするほど美しかった。

初は目を伏せたまま、

「伊都子殿もほかのひとたちとおなじなのですね」

とせつなげに言った。

「それはどういうことでしょうか」

「皆、わたくしが言うことは信じません。わたくしが殿方の話をすると、なぜだか嫉《ねた》まれるのです」

わたしは嫉みなどはいたしません、と言おうとしたが伊都子は黙った。初が椎野吉左衛門のことを言い出したとき、苛立ちを覚えたのはたしかだ。それがなにゆえの苛立ちなのかはわからないが、奥深いところで初を不快に思っていることはたしかだった。

伊都子は黙って頭を下げると初の部屋を出た。その後、初の部屋からは物音ひとつせず、静まり返っているのが不気味だった。

四

まだ暑さが残るころ、椎野吉左衛門が不意に白鷺屋敷を訪れた。

厳しい表情の吉左衛門はきぬと芳江、そしてまだ、首筋に白い布を巻いているものの起き上がれるようになった初を奥座敷に集めた。伊都子も次の間に控えるよう吉左衛門に命じられた。

吉左衛門はきぬに向かって、あいさつした後、

「今日はおうかがいいたしたいことがあって参った」

と話した。

「何でございましょうか」

きぬが落ち着いて言う。

吉左衛門は皆を見まわしてから初の顔に目をとめた。初は何の表情も浮かべずにいる。ただ、背中に何となく甘やかな気配が漂うようにも見えた。

吉左衛門はごほんと咳払いした。

「ほかでもない、佐野家の次男千右衛門殿のことでござる」

きぬが背筋を伸ばして、

「千右衛門なれば、夫了禅が上意討ちにあいましたおり、ともに果ててございます。いまさら、何のお咎めがあるのでございましょうか」

と言った。吉左衛門は苦笑した。

「その千右衛門殿が生きておると疑いが出てきたのでござる」

「まさか、夫ともども果てたことは検屍《けんし》役の方がご覧になったはずではありませんか」

きぬは迷惑げに言った。

「たしかに佐野了禅様の遺骸はあらためてござる。されどご子息の小一郎殿と千右衛門殿の遺体は家士たちとともに火災に巻き込まれて焼けて黒くなっておりましたゆえ、はきとはわからなかったのでござる。このほど逃げ延びた家士のひとりを捕えて調べたところ、千右衛門殿らしき男が煙の中を逃げていく後ろ姿を見たと話し申した」

きぬは吉左衛門を見つめてため息をついた。

「さて、もし千右衛門が生きておりましたなら、母として嬉《うれ》しくは存じます。されど、千右衛門が父や兄を見捨ててひとり生き延びるとは思えません」

「しかし、それが佐野様の命によるものであるとしたら、いかがなさいますか」

「なんと」

きぬは目をむいた。

「佐野様はこの屋敷にいる女人たちの中に佐野家の血を伝える子を身籠った者がいると思われていたのではありますまいか。もし、男子であれば佐野家復興のための大事な後継者であり、さらには藩主一門の血を引かれておりますから、場合によっては藩主の座につくかもしれません。千右衛門殿が血を絶やすなと佐野様に命じられたのであれば、炎にまぎれて逃げられたとしても不思議ではありますまい」

吉左衛門に言われて、きぬは目を閉じた。しばらくして目を開けて訊いた。

「それで、椎野殿はわたくしどもにどうせよ、と言われるのですか」

「もし、千右衛門殿が現れたなら、匿《かくま》わずに、すぐさま藩庁に出頭させていただきたいのでござる」

「無理なことを」

きぬは、ほほ、と笑った。

「無理でござろうか」

吉左衛門の目が鋭く光った。

「そうではありませぬか。どこの世界にわが子が死罪になるとわかっていて役人に突き出す親がおりましょうや」

きぬが言うと、初が膝を乗り出して口を開いた。

「義母上様、もし、死罪にならぬのであればいかがでしょうか」

「初殿、何を言われるのです。千右衛門は上意討ちに逆らったのです。もはや助かるいのちではありません」

「そうです。しかし、世間では千右衛門様はすでに亡くなったということになっております。仮に生きた千右衛門様がいたとしても、そのまま仏門に入っていただけばよいではありませんか。何も千右衛門様が生き延びたと世間に知らせることはないと存じます」

初が言い切ると、芳江が腹立たしそうに口を開いた。

「何を言うかと思って聞いていたら、とんでもないことをおっしゃる。まことに千右衛門殿が生きていれば、あなたも自害をせずにすむのが狙いでしょう」

初はちらりと芳江を見た。

「そんなことはありません。たとえ千右衛門様が生きていらしたとしても、わたくしは佐野家の嫁としての務めを果たしてごらんにいれます」

初がためらわずに言い切ると、芳江はそっぽを向いた。

きぬがあきれたように口をはさんだ。

「ふたりとも椎野殿のあるはずもない話をまともに聞いて、言い争うなどはしたないことはおやめなさい」

吉左衛門は苦い顔をして何か言いたそうにしたが、思い直したように次の間の伊都子へ顔を向けた。

「そなたも聞いたであろう。この屋敷の方々はたとえ千右衛門殿が顔を見せても匿うやもしれぬが、そなたはさような義理はないゆえ、すぐさまわたしに報せるのじゃ。よいな」

「わかりましてございます」

やむなく伊都子は答えた。

きぬが首をかしげる。

「さて、上意に逆らったいわば謀反人が生きているかもしれぬというのに、この屋敷の見張りは女医者ひとりにまかせられるのですか。解せませぬな」

吉左衛門は笑った。

「さて、佐野了禅様の奥方の言葉とも思えませぬな。この屋敷は女人だけでござる。そこへ男の番人などつけて、もし万が一のことでもありましたら、それがしの首が飛びましょう」

「それゆえ、男の番人はつけぬと言われますか」

きぬはじろりと吉左衛門を見た。吉左衛門は、さようにございます、他意はござらぬ、と言い置いて帰っていった。

吉左衛門が去った後、きぬは伊都子を部屋に呼んだ。芳江の娘、結をいつものように膝の上で遊ばせている。

その姿はどこにでもいるやさしい祖母にしか見えない。しかし、いましがたの吉左衛門とのやりとりでも、きぬが胸の奥に強靱《きょうじん》なものを秘めているのは見てとれた。

それが一門衆である佐野了禅の妻であるという誇りによるものなのかどうかはわからない。

きぬは膝の結の肩に手をかけながら、

「椎野殿の話を伊都子殿はどう聞かれましたか」

と訊いた。

「わたしにはわかりません。ただ、上意討ちを受けながら、たとえ火に紛れてでも逃げ出すのは容易なことではないのではないかと思います」

「そうですね。おそらく、椎野殿はわたくしたちの心を砕こうとしているのだろうと思います」

「心を砕く？」

「はい、家中の者たちはわたくしたちがなぜいまだに生きているか訝しく思っているのです。父や夫を失ったからには、さっさと後を追えばよいのにと思っているのです」

きぬは微笑んで言った。

「まさか、さようなことは」

「いえ、上意討ちに手向かって怪我を負わせた藩士も数多くいます。そんな者たちの恨みもわたくしたちにはかかっているのです」

「ですが、椎野様はわたしに皆様を生きさせるように、と言われました。あれは本心のお言葉であったかと思います」

伊都子は力を込めて言った。きぬはうなずきながらも、

「それはひょっとして初殿のことだけを思うてかもしれませんね」

と言った。

伊都子は息を呑んだ。きぬは佐野家に嫁ぐ前の初と吉左衛門の間にどのようなことがあったのか知っているのだ。

「今日の椎野殿の話を聞いておかしいとは思いませんでしたか」

「男の見張りをつけないということでしょうか」

伊都子はうかがうようにきぬを見た。

「あの言葉はひょっとして、初殿に何かを伝えたかったのかもしれない、とわたくしは思いました」

きぬは問いかけるように伊都子を見た。言葉を選びながら伊都子は答える。

「芳江様は、初様にひとりだけ助かるつもりか、とおっしゃいました。椎野様の言葉に何かそんなことを感じさせるものがあったのでしょうか」

きぬは、ふふ、と笑った。

「あなたも初殿を疑っているのですね」

「いえ、決してそのような」

あわてて伊都子は打ち消したが、きぬは微笑みながら手を振って抑えた。すると、膝の上の結が、

「叔母上様はかわいそうです」

と言った。きぬは結の顔をのぞきこんだ。

「どうして、そう思うのですか」

結はきぬの顔を見上げながら答える。

「叔母上様はわたしがお部屋に遊びに行ったとき、いつも悲しそうな顔をしておられます。時々、泣いておられるのも見ました。でも、皆といるときは決して、そんな顔を見せません」

きぬはうなずいてから結を抱きしめた。

「だから、初殿はかわいそうだ、というのですね」

「はい」

結は大きく頭を縦に振った。きぬは伊都子に顔を向けていたずらっぽく笑った。

「伊都子殿はどう思われますか」

「わかりません。わたしは初様のことを何もわかっていないのではないかと結様

の言葉を聞いて思いました」

きぬはゆっくりと頭を横に振った。

「いえ、そんなことはありません。伊都子殿は初殿のことをちゃんと見ておいでです。ただ、女人がどのようにしてでも生きようと思うことを見苦しいと思うかどうかです」

「それは——」

伊都子は言いかけたが、言葉が出てこない。きぬは膝の上で結をゆらしながら、

「世間では武門の者はいついかなるときでも死を決しているべきだと申しますが、わたくしは、それは殿方に限ったことだと思っています。女子は子を守り、家を守って生き抜くのが務めです。殿方は死んでしまえば務めが終わりますが、女子はいかなる艱難《かんなん》にも負けず生き抜かねばなりません。それは時には死ぬよりも辛《つら》いことだと思いますが、生きる戦いにたじろがないのが女の真《まこと》です」

きぬは淡々と言う。伊都子は息を詰めてきぬの言葉を聞いた。

「それでは初様も女の義を貫こうとしているのだ、と言われるのですね」

「わたくしはそう思います。この白鷺屋敷の女たちは生き抜く戦いをしているのです。だから、伊都子殿にはそれを見ていただき、そして時に応じて力になって

いただきたいのです」

伊都子は戸惑って訊いた。

「わたしにさようなことができますでしょうか」

「わたくしたち皆のために力を貸してくれとは申しません。この結のためだけにでも力を貸してやってください」

きぬに言われて、伊都子はあらためて結の瞳が大きい愛らしい顔を見た。そうだ、何があろうとも、せめてこの娘だけは守りたい、それがこの屋敷に来ることになった自分がしなければならないことなのではないか。

「どれほどのことができるかわかりませんが」

伊都子が言うと、きぬはほっとした顔になった。

「せめて、せめて結だけは守りたいのです」

きぬの言葉には、生き抜く戦いをすると言いながらも、すでに死を覚悟したと思われる気迫が感じられた。

(きぬ様は身を犠牲にしてでも皆を助けるおつもりなのだ)

伊都子は胸が詰まった。

異変が起きたのは三日後の夜だった。

台所から女の悲鳴が響いた。

寝ていた伊都子は跳ね起きて、手早く着物を着ると手燭《てしょく》に灯《あか》りをつけて台所に向かった。胸の動悸《どうき》が激しかった。

台所では、三人の女中が固まって震えていた。

「どうしたのです」

伊都子が声をかけたとき、きぬと芳江もそれぞれ手燭を持って台所に姿を見せた。初は起きてこないようだ。

女中の春が震えながら言った。

「わたしが台所に水を飲みに来たら、怪しい男が土間に蹲《うずくま》っていたのです。わたしが驚いて叫ぼうとしたら、いきなり飛びついて口を押さえられました」

「では悲鳴をあげたのはあなたではないのですね」

伊都子がたしかめると、そのとゆりが、

「わたしたちものどが渇いて台所に来たんです」

「そうしたら、格子窓からの月明かりで春さんが土間で男に捕まっているのが見えたんです」

と口々に言った。きぬが前に出て来て訊《たず》ねた。

「どのような男でしたか」

「それがまっ黒の着物を着ていて顔には烏天狗《からすてんぐ》の面をかぶっていたんです」

そのが恐ろしげに答える。

「烏天狗ですか」

きぬが意外そうな声を出した。ゆりが大きく頭を振った。

「はい、わたしたちが悲鳴をあげると急いで裏口から出ていきました。でも、まだお屋敷のどこかにいるのかもしれません」

芳江がきぬに身を寄せた。

「千右衛門殿ではありますまいか。千右衛門殿は能をよくされて、能面もお持ちでしたから」

きぬは首をひねった。

「千右衛門の能面は上意討ちで屋敷が火事になった際に焼けたはずです。それに仮に千右衛門の面があったにしても、この屋敷に入るのになぜ顔を隠すのです。千右衛門だとわかれば、わたくしたちは匿いこそすれ、怯《おび》えて騒いだりはいたしません」

「では誰なのでしょう」

芳江は怯えた。

伊都子は手燭の明かりであたりをうかがってから、

「いずれにしても怪しい者が屋敷の中に入ったのは明らかです。屋敷の中をあらためねばなりません」

きぬはうなずくと、芳江に薙刀を持ってきなさい、と言いつけた。芳江はさすがに緊張した表情で部屋に戻るなり、薙刀を二本携えてきた。寝ている結は起こさずにきたようだ。

きぬは一本の薙刀を軽々と手にして、

「曲者《くせもの》の行方を追いましょう」

と言った。手燭を持った伊都子が先頭に立ち、台所から裏庭に出た。裏木戸をあらためたが、壊されてはいなかった。

「築地《ついじ》塀《べい》を乗り越えて逃げたのでしょうか」

伊都子が言うと、きぬは落ち着いた声で、

「わかりません。すべての部屋をあらためましょう」

と言って中庭に向かった。

中庭に入ってきぬは足を止めた。

初の部屋から灯りが漏れている。しかも障子にくっきりと人影が映っていた。その横顔は大きな嘴《くちばし》がある烏天狗だった。

五

きぬの様子を見て伊都子やほかの女たちも初の部屋に目を向けた。女中たちが悲鳴を上げるのと同時に初の部屋の灯りが消えた。

伊都子が初の部屋に駆け寄ろうとすると、

「行ってはならぬ」

きぬが鋭い声で止めた。

伊都子が振り向くと、きぬは厳しい表情で薙刀を手に立っている。だが、特に薙刀を構えようとはしない。傍らの芳江が震える声で、

「義母上様、いま曲者の影が」

と言いかけてもきぬは答えようとしない。

やがて夜空を仰いだきぬは、

「皆、何も見なかったのです。さよう、心得なさい」

と思いがけないことを言った。伊都子は驚いた。

「初様の身に何かあったかもしれません。気がかりでございます」

伊都子の言葉にきぬは少し考えてから、

「ならば、あなたひとりで初殿の安否をたしかめなさい。ほかの者は部屋に戻るのです」

きぬの言葉を聞いて、芳江が不安げに口を開いた。

「ですが、もし、曲者が忍び込んだのだとしたら、おちおち寝てはいられません」

きぬはじっと芳江を見つめた。

「大丈夫です。たとえ曲者が忍び込んでいたとしても、わたくしたちに危害を加えるようなことはないでしょう」

自信ありげに言い切ると、きぬは背を向けて自分の部屋へ向かった。ほかの女たちも戸惑いながらきぬの後を追った。

伊都子はしかたなくひとりで初の部屋を訪ねた。縁側に上がり、障子の外から、

「初様、起きておいでですか」

と声をかけた。しばらくして初が眠そうな声で、

「何かあったのですか」

と訊いた。

「こちらのお部屋から先ほど灯りが漏れておりました。障子に怪しい影が映ったものですから」

間髪を入れずに初は答えた。

「行灯《あんどん》の灯を消し忘れていたのかもしれません。ですが、怪しい者が部屋に入ってくればわたくしも目を覚まします。何事もありませんから案じないでください」

怪しい影が見えたと言えば、女人ならばまず不安に思うのではないだろうか。

初がたしかめもせず、怪しい者はいない、と言い切ったことに伊都子は不審なものを感じた。

しかしだからといって許しもなく部屋に入り込むわけにはいかない。そこまで思ったとき、きぬは影を見ただけで、誰が初の部屋に忍び込んだのか察して、たしかめようとはしなかったのではないかと気づいた。

だとすると烏天狗の面をかぶった男は千右衛門に違いない。いまも初の部屋の中に千右衛門は忍んでいるのかもしれない。

伊都子は息を吞んで月明かりに白く浮かび上がる障子を見つめた。きぬは、たとえ曲者がいたとしても、自分たちに危害を加えることはない、と言った。千右衛門ならば佐野家の者に危害を加えることはないだろう。だが、伊都子に対しては別だ。

千右衛門がもっとも恐れるのは生きていることを藩に知られることだ。伊都子がそれに気づいたとわかれば、千右衛門に殺されるのではないか。

伊都子はぞっとした。

それとともに、初が伊都子の問いに間髪を入れずに答えたのは、早く立ち去らせようと慮《おもんぱか》ってのことかもしれない。

いずれにしてもこの部屋の前に留《とど》まっていることは危ういと思った伊都子は、

「何事もなく、ようございました。お休みなさいませ」

と言って障子の前から離れると中庭に下りて、そのままそそくさと自分の部屋に向かった。

ふと振り向くと初の部屋は物音ひとつせず、不気味に静まり返っている。

そのとき、伊都子が、お休みなさいませ、と言ったのに初はひと言も声を発しなかったことに気づいた。

部屋の中で初は何をしているのだろう。

異様なものを感じた伊都子はぶるっと震えた。

夜は何事もなかったかのように明けた。

朝になって伊都子が台所に行くと女中たちは忙しそうに働いていた。昨夜のことを何か訊こうかと思ったが、それも憚《はばか》られる感じがした。

結がやってくると背伸びをするようにして、

「おはようございます」

と言った。そして、囁《ささや》くような声で、

「昨夜、烏天狗が出たって本当ですか」

と訊いた。

「どうしてそんなことを知っているのですか」

思わず、伊都子が訊き返すと、結はにこりと笑った。

「さっき、そのとゆりが話していました。すごく怖かったって」

「そうですね。祟《たた》りがあるといけませんから、その話はしないほうがよいと思います」

伊都子が諭すように言うと、結はこくりとかわいらしくうなずいた。

「おばあ様もそうおっしゃいました。でもおばあ様は烏天狗ではなくて、ひとなのだから話してはいけないと言われました」

「烏天狗ではないと言われたのですか」

伊都子が訊くと、結は、はい、と答えた。

やはり、きぬは烏天狗の面をかぶった男の正体を知っているのだ。

だからこそ、かばおうとしているのではないか。

ということは、ひょっとして、昨夜、この屋敷に忍び込んだ男はいまも屋敷のどこかにいるのかもしれない。

もし、千右衛門だとしたら、食事はどうするのだろうか。伊都子はさりげなく春に近づいて、

「初様は、もう朝餉《あさげ》をすまされたのですか」

と訊いた。ひょっとして千右衛門に食事を部屋で分け与えているのではないかと思った。

「はい、先ほどこちらで召し上がりました」

春は何でもないことのように答えた。

「そうですか。ではいまはお部屋ですね」

伊都子がたしかめると、春は訝しそうに、
「はい、さようですが、きょうは頭痛がするので、誰もお部屋に近づかぬように
との仰せでした」
「頭が痛まれるのですか。では、お薬をお持ちしないと」
伊都子が言うと、春はあわてて言葉を添えた。
「いえ、いつもの頭痛なのでお薬はいらないとのことでした」
初はなぜ、そんなことを春に言ったのだろうと不審に思いながらも伊都子はう
なずいただけで何も言わなかった。
台所で朝餉をすませた伊都子はいつも通り、きぬの部屋に行った。障子の外か
ら声をかけ、きぬがいつものように、
「お入りなさい」
と言うのを待った。しかし、部屋の中から話し声がしたかと思うと、障子を開
けて芳江が出てきた。
はっとするほど、芳江は青ざめた顔をしていた。どうかされましたか、と声を
かけようとしたが、芳江の厳しい表情がそれを許さなかった。
芳江は部屋を出てきて会釈しただけで何も言わずに縁側を歩いていった。背中

がひどく寂しげに見えた。

伊都子は部屋のきぬをうかがい見た。

きぬも何事か考えごとをしているようだったが、伊都子に気づくと、笑顔になって招じ入れてくれた。

部屋に入った伊都子が、

「おかげんはいかがですか」

と訊くと、きぬは肩に手をあてて自分で揉《も》みながら、

「昨夜、ひさしぶりに薙刀などを持ったせいか肩がこりました」

と言った。

「お揉みいたしましょう」

伊都子はきぬの背後にまわって肩を揉み始めた。きぬは気持よさそうにしていたが、さりげなく、

「昨夜、初殿に怪しい者がいるかどうか、訊ねましたか」

と訊いた。

「はい、ですが、そのような者はいないとの仰せでした」

伊都子はきぬの肩を揉みながら答えた。

「部屋には入りましたか」

「いえ、外からうかがっただけでございます」

「そうですか」

きぬは少しほっとしたようだった。

伊都子は思い切って訊いてみた。

「昨夜の烏天狗はもしや千右衛門様ではございませんか」

少し黙ってから、きぬは、しっかりとした声で答えた。

「千右衛門はあの世に逝きました。この世に戻ってくるとすれば烏天狗にでもなるしかないでしょうね」

「では、やはり」

伊都子がたしかめようとすると、きぬはゆっくりと頭を横に振った。

「違います。千右衛門ではありません」

きぬはきっぱりと言ってのけた。

千右衛門だと認めるわけにはいかないから、違うと言うしかないのだろう、と伊都子は思った。

しかし、それにしてもきぬの言い方には確信めいたものがある。少なくともきぬは、烏天狗が千右衛門ではないと思っているのではないだろうか。

きぬはやわらかな口調で付け足した。

「それ以上の詮索は無用に願いますよ。知ろうとすれば、あなたに迷惑がかかりますから」

言葉は穏やかだが、脅しているとも受け取れた。

伊都子は、わかりました、とだけ答えてきぬの肩を揉み続けた。

六

伊都子は部屋に戻ってから、どうすべきだろうか、と考えた。

これ以上、烏天狗のことを詮索するのは危ういことのように思われた。かと言って、椎野吉左衛門に黙っていれば、後でどのような咎めを受けるかもしれない。屋敷の中で詮索はしないにしても、吉左衛門には話しておいたほうがいい、と伊都子は思った。

だが、今朝になって伊都子が突然、外出すれば、烏天狗のことを藩に密告しに行ったと思われるだろう。それでは今後、この屋敷に居づらくなる。

どうしたらいいのだろう、と考えていたところ、部屋の外から、

「伊都子殿、お話があるのですが」

と芳江の声がした。烏天狗のことをどうやって吉左衛門に報せようか、と思っていただけに、どきりとした伊都子は、胸を押さえつつ、

「お入りください」

と言った。

芳江は障子を開け、ゆっくりと入ってきた。

先ほどと変わらない青ざめた顔をしており、いまにも倒れるのではないか、と思えた。

「どうされました」

思わず伊都子が訊くと、悄然《しょうぜん》として座った芳江は、力のない視線で伊都子をじっと見返した。

「義母上様は烏天狗のことをどうおっしゃったのでしょう」

「どうとは？」

「烏天狗の面をかぶっていたのは誰かということです」

芳江はすがるように伊都子を見た。伊都子は頭を横に振った。

「誰ともおっしゃいませんでした」

「わたくしは千右衛門殿ではないかと思ったのです。初殿の部屋に入り込むとすれば千右衛門殿しかいないはずですから」

「千右衛門様ではない、ときぬ様ははっきり仰せでした」

「ああ、やはり」

芳江はがくりと肩を落とした。

「義母上様はわたくしにもそのように仰せになりました。母なればこそ、影を見ただけでもわが子かどうかはわかるのだと思います」

芳江の言葉に伊都子はなるほどと思った。きぬの言葉に込められていた確信は母親としてのものだったのかもしれない。

芳江は呆然《ぼうぜん》としてつぶやいた。

「影だけを見て、千右衛門殿ではない、とおわかりになったというより、本当は別なひとだとはっきりわかったということかもしれません」

「別なひと」

「佐野屋敷が焼け落ちて遺骸が見つかっていないのは、千右衛門殿だけではありません。わたくしの夫である小一郎様も同じなのです」

芳江の目が何かに憑《つ》かれたように光った。

「まさか、そのようなことはございますまい。もし、小一郎様だとすれば、夜中に参られるのは妻である芳江様の部屋ではありませんか。どうして初様のところに参られるのです」

なだめるように伊都子が言うと芳江は薄く笑った。

「さようなことが以前にもあったからです」

伊都子は息を呑んだ。

不義密通、と言いかけてあわてて口を押さえた。兄が弟の妻と通じるなどありうることなのだろうか。

信じられない思いで伊都子は芳江を見つめた。芳江がきぬの部屋から出てきたとき、青ざめていたのは、烏天狗が小一郎かもしれないと思い当たったからなのだろう。

きぬのはっきりした口ぶりから千右衛門ではなかったのだ、と思うとひょっとして小一郎ではという考えが浮かんだのだろう。

もし、小一郎だとしたら、妻子よりも密通していた初のもとにまず姿をあらわしたことになる。それは芳江にとって耐えられないことに違いない。

そこまで思いをめぐらせた伊都子の頭にひらめいたことがあった。

「まさか」

伊都子は緊張して芳江を見つめた。

吉左衛門から白鷺屋敷の女たちの中に身籠った者がいるかもしれない、誰なのかを突き止めるように、と言われていた。

だが、いまのところ、それらしい女はいなかったし、屋敷の中で身籠っている者を気遣う気配もなかった。それだけに、身籠った女はいないのではないか、という気がしていた。

しかし、初が小一郎との不義の子を宿しているとしたら、そのことは秘さねばならないことだし、ほかの女たちも知らずにいるのかもしれない。

恐ろしい想像に伊都子は背筋がつめたくなった。

目の前にいる芳江に訊きたかったが、小一郎が初を身籠らせたのではないか、という酷い問いは到底、口にすることができない。

伊都子が黙りこくると、芳江も何も言わず、ふたりの間に沈黙が続いた。

しばらくして、芳江は、

「お邪魔いたしました」

と小声で言うと立ち上がり、部屋から出ていった。

伊都子はほっとするとともに、いつの間にか指先がつめたくなり、微《かす》かに震えていたことに気づいた。

（まさか、そのようなことがあるはずがない）

伊都子は小一郎が烏天狗で、しかも初と密通していたのではないか、という疑念を懸命に打ち消そうとしたが、どうしても初の妖しいほどに美しい顔が脳裏に浮かんでくるのだった。

この日、伊都子はなすこともなく一日を過ごし、夕餉《ゆうげ》をすませた後、部屋で吉左衛門への手紙を認《したた》めた。
烏天狗のことを書状で報告しておこうと思ったのだ。暗くなったため燭台《しょくだい》に灯《とも》を点して書いていると、
きゃーっ
という悲鳴が聞こえてきた。あわてて筆を置き、部屋を出ると中庭をはさんで向かい側にある初の部屋の前の縁側に女中のそのとゆりが跪《ひざまず》いている。
伊都子が縁側に出て走り寄ると、手燭を持ったきぬと芳江も出てきた。伊都子

は縁側に跪いて震えているそのとゆりに、

「何があったのです」

と訊いた。すると、ふたりは初の部屋を指差した。

障子が開いており、部屋の中が見えた。

芳江がはっと息を吞むのがわかった。

座敷には初が手をつき、体を斜めにして座っている。片手に脇差《わきざし》を持っていた。

脇差の白刃が輝いている。

初の前に男がうつぶせに横たわっていた。しかも傍らに烏天狗の面が落ちている。

きぬがゆっくりと部屋に入り、手燭の明かりで男の顔をあらためた。伊都子もきぬに続いて男のそばに膝をついた。

きぬはさらに血に染まった首筋の傷も見つめている。

三十過ぎと思える武士だった。伊都子は鼻の先に手をやって、呼吸していないことを確かめた。

その様を見たきぬが、

「もはや事切れておりますね」

と言った。

伊都子は震えながら、はい、と答えた。そして、このひとは何者なのでしょう、と問いかけた。

きぬは落ち着いた様子で、

「佐野家の家士で堀内権十郎《ほりうちごんじゅうろう》という者です。了禅殿が上意討ちにあったおり、うまく逃げ延びていたのですね」

と答えた。きぬの言葉を聞いて、芳江があわてて部屋に入ってきた。そして男の顔をのぞきこんで、

「まことに、堀内権十郎です。では、烏天狗は千右衛門殿ではなかったのですね」

と安堵したようにつぶやいた。

「そう申したはずですよ」

きぬはさりげなく言ってから顔を初に向けた。

「なぜ、堀内を殺《あや》めたのですか」

初はしばらく答えず肩で息をしていた。よく見れば、襟元や裾があられもなくみだれている。

初は息を落ち着かせてから、

「この者は昨夜、わたくしの部屋に忍んで参り、匿って欲しいと申したのでございます。やむなく床下にひそませ、食べ物や水を運んでやりました。ところが先ほど、部屋に上がって参りまして、わたくしに乱暴しようとしたのです」

とかすれた声で言った。

きぬは軽くうなずいた。

「それで、堀内の腰の脇差を抜いて首筋を斬ったというのですね。なかなか手練の腕前です。あなたが、それほどに刀を使うとは知りませんでした」

きぬの言葉にはかすかに皮肉が込められているのを伊都子は感じた。なぜなのだろうと思っていると、きぬは伊都子を振り向いた。

「すみませんが、このことを近くの屋敷の方に報せて、役人を呼んでください。わたくしたちはこの屋敷を出るわけにはいきませんから」

伊都子は、はいとうなずいた。

白鷺屋敷には時折り、見回りの役人が訪れるが、何かあれば近くの屋敷の者に頼んで使いを出すことになっていた。

伊都子が立ち上がろうとすると、芳江が座って初に向かい、口を開いた。

「堀内権十郎はなぜ、あなたの部屋に忍んできたのですか。上意討ちから逃れて何か伝えたいことがあったのだとしたら義母上様か、わたくしのもとに参るはずではありませんか」

初は襟元を直しながら、

「わたくしにはわかりません」

と気怠《けだる》そうに言った。

芳江は激昂《げきこう》した。

「わからないはずはありません。あなたはひょっとしたら、堀内権十郎と密通していたのではありませんか。だからこそ堀内はあなたに会おうと忍んできたのでしょう」

初はゆるやかに頭を振った。

「とんでもないことを言われます。わたくしは堀内と密通などいたした覚えはございません」

ひややかに初が言ってのけると、芳江はにじり寄った。

「堀内と密通した覚えはなくとも、他の者と密通いたした覚えはあるのではありませんか。正直に話したらいかがです」

手厳しい芳江の言葉を聞いて、初はゆらりと立ち上がった。手には血に染まった脇差を持っている。
伊都子はどきりとして、
「初様」
と声をかけた。いまにも初が芳江に斬りかかるのではないか、と恐れた。
初は不思議そうに伊都子を見た。そして右手に脇差を持っているのに気づくと
左手を添え、固く柄《つか》を握っていた指を一本、一本、引き離した。
脇差が畳の上に落ちて突き刺さった。
それを見て初はふふ、と笑った。それから皆の顔を見まわして、
「手が血で汚れました。洗って参ります」
と言うと縁側に出ていった。
その後ろ姿を見つめた伊都子はなぜかしら、ぞっとした。
伊都子は近くの屋敷に駆け込んで役人を呼んでもらった。
間もなく役人が駆けつけて、堀内権十郎の死体をあらためたうえで、死体を戸
板に乗せて運び去った。
役人は初ときぬから話を聞いた後、

「あらためてお調べがあろうから、この屋敷を出てはならぬ」

と言い渡して帰っていった。

その夜、伊都子はなかなか寝つけなかった。

烏天狗が千右衛門や小一郎でなかったことには、ほっとしていたが、それにしても人ひとりが殺されたことの重みがずしりと胸に応えた。

血に染まった脇差を手に立ち上がった初の凄艶な姿は目に焼き付いていた。

もし、芳江が言うように、初が堀内権十郎と密通していたとしたら、恐るべき妖婦だということになる。

だが、伊都子には初がそんな女人だとは思えなかった。初は何か大きな悲しみを抱えているのではないか。

そんな気がするのだ。

寝つかれないまま、伊都子は部屋を出て中庭に下りた。さすがに初はひとが死んだ部屋では寝られないといって、きぬの隣室で床をとっていた。

初の部屋にはいまは誰もいないはずだ。そう思いながら、伊都子は夜空を眺めた。

月が出ていた。

白鷺屋敷の女たちはこれからどうなるのだろう。

そう思うと胸がざわめいた。

佐野家の家士、堀内権十郎が何を思って忍び込んだのかはわからないが、上意討ちに抗《あらが》った佐野家の家士は藩にとって重罪人に違いない。

その重罪人をたとえひと晩とはいえ、匿ったということになれば、初は同罪ということになるのではないか。さらに白鷺屋敷の女たちすべてに累が及ぶのではないか。

もともと藩では白鷺屋敷の女たちの処分に苦慮していただけに、堀内権十郎のことをよい潮時と見るかもしれない。

そうなれば、将来への禍根を断つために死罪は免れたとしても遠島か追放ということになるだろう。

いずれにしても女たちを待ち受けているのは過酷な運命だ。そう思うとやり切れない。

伊都子はそんな思いを振り払うように、中庭を歩いた。

ふと、初の部屋を振り向いて、目を瞠った。

誰もいないはずの初の部屋に灯りが点っている。

（誰かいるのだろうか）

そう思ったとき、伊都子は初の部屋に向かって歩いていた。

縁側にそっと上がる。

障子の隙間から部屋の中をのぞいた。

薄暗い部屋の中に立ち、手燭を持っているのは、きぬだった。きぬは手燭の明かりで部屋の中をあらためているようだ。

伊都子が見つめていると、きぬは振り向かないまま、

「伊都子殿ですね。そのようなところにいないでお入りなさい」

と言った。まるで背中に目があるように、ぴたりと見抜かれては逃げることもできない、と伊都子は観念した。

部屋に伊都子が入ると、きぬはさらに戸袋のあたりを見まわした。

「明日の朝には御取り調べがあるでしょうから、その前に何か役人に見つかって困るものはないかとあらためているのです」

「見つかって困るものとは何なのでしょうか」

「さて、それはわかりませんね。初殿は役人に訊かれても、はっきりしたことは何も答えはしませんでした。それだけに、この部屋にはまだ何かあるのかもしれ

ないのです」

きぬはそう言うと、今度は畳の上を手燭で照らした。ところどころに血の跡があって、伊都子は思わず目をそらした。

それでも、なおも何かを探し続けるきぬを見て、思い切って訊いてみた。

「芳江様は烏天狗がひょっとしたら夫の小一郎様かと思って随分と心配しておられたようです」

「そうですか」

きぬはさりげなく答えた。

「芳江様の疑いが晴れてほっといたしました」

伊都子が言うと、きぬは振り向いて、

「安心するのは、まだ早いと思います」

と言った。

「どういうことでしょうか」

伊都子が、なおも訊こうとすると、きぬが声を上げた。

「やはり、ありましたよ」

きぬは畳の合わせ目から、細長く、小さいものを取り出して手燭の明かりにかざした。

小柄《こづか》だった。

「これは」

伊都子は息を詰めて小柄を見つめた。

「堀内権十郎の傷をあらためたときに気づいたのです。首筋を斬られていましたが、盆《ぼん》の窪《くぼ》にも深い刺し傷があったのです。検屍の役人は脇差で首筋を斬られて死んだと思いこんで盆の窪の傷まではあらためませんでした」

「この小柄で盆の窪を刺したのですか」

「おそらくそうだろうと思います」

きぬはあっさりと言った。

「初様はなぜ、そのようなことを」

「初殿にはさようなことはできません。脇差で権十郎の首筋を斬ったというのもまことなのかどうか」

「では、誰がこの小柄を」

伊都子が訊くと、きぬは鋭い目になって言った。

「長男の小一郎は幼いころから香取神道流《かとりしんとう》の手裏剣術を稽古しました。中でも小柄の技は名手と言われておりました」

きぬが手にした小柄が手燭の明かりで不気味に光った。

七

夜が明けて間もなく奉行所の役人ではなく、藩の目付方が訪れた。椎野吉左衛門が指揮をとっている。

白鷺屋敷の女たちは、藩の重罪人の縁者なのだ、とあらためて伊都子は思った。

きぬや芳江はそれぞれ自らの部屋に控え、初と伊都子だけが検分に立ち会った。

吉左衛門は初の部屋の血痕をあらためため、畳をあげて堀内権十郎がひそんでいた床下をのぞいた。さらに、下役に天井裏をあらためさせた。ごそごそと天井裏を這《は》いまわっていた下役が下りてくると、

「かようなものがありました」

と烏天狗《からすてんぐ》の面を差し出した。伊都子ははっと息を呑《の》んだ。堀内権十郎の死体の傍らにも烏天狗の面があった。

なぜ、ふたつも烏天狗の面があるのか。伊都子はちらりと初の顔をうかがい見

た。
　初は無表情なまま下役が手にした烏天狗の面を見ようともしない。
　吉左衛門は下役から受け取った烏天狗の面を鋭い目でみつめて、
「やはりそうか。佐野千右衛門は生きておるのだな」
とつぶやいた。
　吉左衛門は、初に顔を向けた。
「いささか、うかがいたいことがござる」
　吉左衛門は初と伊都子をうながして別室に移った。初と向かい合って座るなり、
吉左衛門は口を開いた。
「さて、率直におうかがいいたすが、上意討ちから生き延びた佐野千右衛門が、初
殿に会いに来たのではないですかな」
　初はうつむいたまま答える。
「さようなことはございません」
　吉左衛門は眉をひそめた。
「なぜ、隠される。いかに初殿が気丈であろうと、女子《おなご》の腕で堀内権十郎を討ち
止めることはできますまい」

「乱暴されそうになったゆえ、無我夢中でございました」

「初殿の部屋に千右衛門が潜んでいた。そこへ堀内権十郎までが忍び込み、初殿を襲ったがゆえ、千右衛門に殺されたのでしょう」

初は黙って何も答えない。その様子は、あたかも吉左衛門が言うことを認めているかのようだった。

吉左衛門はため息をついた。

「それにしても、初殿の部屋には男が次々と忍び込むようだな」

吉左衛門の言葉に初は顔を上げた。

「それはどういう仰せなのでしょうか。わたくしは誰も忍んできてはいないと申し上げております。信じてはいただけませぬか」

初は目に涙をにじませて恨むように言った。吉左衛門はわずかに戸惑いの色を浮かべて、

「信じぬというわけではないが」

とつぶやいた。その言葉のやり取りが、あたかも通じ合っている男と女のもののように聞こえて伊都子は眉をひそめた。

吉左衛門はその後、きぬや芳江からも話を聞いた。だが堀内権十郎がなぜ忍び

込んだのかはわからないときぬや芳江、女中たちも口をそろえて言うばかりだった。

「皆、同じことを言われる」

吉左衛門が苦笑すると、きぬがにこやかに応じた。

「まことのことゆえ、同じなのだと存じます」

吉左衛門は最後にきぬに向かって、

「いずれにしても上意討ちに刃向かった佐野家の家士《かし》がこの屋敷に入り込んだことにお咎《とが》めはあろうかと存ずる。追って沙汰あるまで待たれよ」

と言い残して帰っていった。

きぬは芳江、初とともに玄関で吉左衛門を見送った後、広間に伊都子や女中たちも集めて、

「この屋敷でこれ以上、不穏なことが起きれば、わたくしたちは領外追放か遠島は免れますまい。死罪ではないと申せ、女子の身で国許《くにもと》を離れればまともには生きていけぬと覚悟いたさねばなりません。それゆえ、皆、油断があってはなりませんぞ」

と告げた。すると芳江が膝を乗り出して、

「義母上《ははうえ》様、油断するなとの仰せですが、堀内権十郎が忍び込んだのは初殿の部屋でございます。ほかの者には何の落ち度もございません。それなのに同罪のように扱われるのは納得がゆきません」

と言い募った。

「しからば、どういたせというのじゃ」

きぬは冷徹な眼差《まなざ》しを芳江に向けた。

「初殿には実家にお戻りいただけばよいのではありますまいか。わたくしは娘の結がおりますゆえ、佐野家を離れることはできませんが、初殿はお子もおられませぬゆえ、去り状をいただいて実家に戻られるがよいと存じまする」

芳江は初をにらむように見据えながら言った。きぬは初に顔を向けると、おもむろに訊《き》いた。

「芳江殿はかように申されるが、初殿はいかがじゃ」

初はひややかな笑みを浮かべた。

「わたくしどもは、いずれも寄る辺なき身の上でございます。上意討ちを受けた佐野千右衛門の妻であった身が戻っては実家の父母も迷惑に思いましょう。それに、子がなきゆえに戻りやすかろうとの芳江様のお言葉は心外にございます」

初は芳江を見据えたうえで言葉を継いだ。

「これからいかなることになるかわかりませぬゆえ、申し上げずに参りましたが、わたくしは身籠っております」

初の身籠っているという言葉が、皆を驚かせた。しかし、きぬだけは表情を変えなかった。

「なるほど、初殿にはなんぞ異変があるようだと思っていたが、子を宿されたとは気づかなんだ。それはまずはめでたいのう」

きぬに言われて、初は悲しげに目を伏せた。

「まことにめでとうございましょうか。生まれた子が男子《おのこ》であれば、佐野家の血筋としてお咎めを受けるに違いないと存じます。そのことを思えば喜ぶこともできません」

自分たちは本来、めでたいはずのわが子の出産すらままならぬ身のうえだ、という初の言葉は女たちに重くのしかかった。

芳江はため息をついた。

「わたくしたちは、なぜかような目に遭わねばならないのでしょうか。理不尽に思えてなりません」

きぬは厳しい口調で言った。

「理不尽に耐えるのが武家じゃ。たとえ、どのような苦境にあろうとも子が生まれるのはめでたい。いのちを守るのが女人の戦《いくさ》じゃ。わたくしたちは初殿の子を守らねばならぬ、さよう心得ておきなさい」

芳江は複雑な表情になったが、やむなく頭を下げた。

きぬは伊都子に顔を向けた。

「初殿の子のこと、あなたとは別に話をいたしたいと思います」

さりげない言い方だったが、伊都子の胸をどきりとさせる重みがあった。

きぬは初が産む子を守ると言い切った。だとすると、まず警戒するのは、藩に初が身籠っていることを知られることだ。

目付方から白鷺屋敷に遣わされた伊都子がどうするかを訊かねばならないと思ったに違いない。

どうしたらよいのか、と伊都子は思い惑った。

初の懐妊を知ったからには、吉左衛門に報《しら》せねばならない。しかし、もし、初が産んだ子が男子であれば、藩にとってはいわば謀反人《むほんにん》の子だ。放っておくことはあり得ないだろう。

伊都子は困惑した。

この日、吉左衛門は白鷺屋敷での取り調べを終えて城に戻ると、家老の御用部屋に行って辻将監に報告した。

六十過ぎの将監は長身痩軀《そうく》で白髪だが、眼光は鋭く、辣腕《らつわん》で知られていた。

吉左衛門が白鷺屋敷の女たちは、堀内権十郎がなぜ忍び込んでいたかについてはわからないの一点張りだったと話すと、将監はつめたい口調で言った。

「おぬし、それで黙って引き下がって参ったのか」

「引き下がったわけではございません。いずれお咎めがあろうとだけはきつく申して参りました」

吉左衛門はむっとして言った。

「甘いな」

将監は嗤《わら》った。吉左衛門が不満げに、

「甘うございますか」

と言い返すと、将監は手をあげてなだめた。

「怒るな。白鷺屋敷の女たちは謀反人の家族だ。とっくに磔《はりつけ》にされておっても文句は言えんのだ。それなのに、かかる不祥事を起こしたのだ。咎めるというなら、ただちに磔にすべきだろう」

「それは、あまりに」

酷《むご》いと言いかけて吉左衛門は口を閉じた。白鷺屋敷の女たちをかばえば自分にも累が及びかねないのだ。

吉左衛門が口を閉ざしたのを将監は皮肉な目で見つめた。

「もっとも、佐野家は一門衆の名門だ。当然ながら家中に親戚も多く、此度《こたび》の上意討ちにも納得しておらぬ者もいる。家族を磔にすれば、その者たちが憤激するであろうから、精々のところ、遠島か領外追放、それとも尼寺へ入れるといったところだろう」

将監は冷酷に言ってのける。

「さようでございますな」

吉左衛門は慎重に言葉を選んで言った。

「気になるのは、佐野了禅が、これから一門に子が生まれるかのような言辞をもらしていたことだ」

「そのことなら、白鷺屋敷に遣わした女医者にも探らせております。もし、まことに女たちの中に懐妊している者がいればわかりましょう。そのおりにただちに手を打てばよいのではありますまいか」

　吉左衛門は声を低めた。将監はにやりと笑った。

「子が生まれる前に女とともに殺してしまえばよいというのであろう。そこが甘いと言うのだ」

「甘うございますか」

　吉左衛門は苦笑いした。

「考えてもみろ、佐野家は一門衆なのだ。ということは殿の親戚ということにほかならぬ。わしはいま安見家と縁のある江戸の旗本のお子を、嫡子がおわさぬ殿の養子にしようとしておる。そんなおり、一門衆に連なる男子を殺したとあれば、どうなる。わしは家老の座には留《とど》まれんぞ」

「それは、さようでございましょうな」

　深々と吉左衛門はうなずいた。

　将監はじろりと吉左衛門をにらんで言葉を継いだ。

「それゆえ、子が生まれる前に殺すとしても、わしの指図だとは決してばれてはならぬ」

自分が知らないところで殺せ、と将監は言いたいのだろう。

将監は吉左衛門の目から目を離さない。吉左衛門の胸の内を読み取ろうとするかのようだ。

吉左衛門は表情を消して答える。

「まことに難題でございますな」

「いかがすればよいか、そなたならばわかるであろう」

将監は謎をかけるように言った。吉左衛門は瞼《まぶた》を閉じて考えた後、目を見開いて、落ち着いた声で答える。

「わかり申した。すべてはそれがしの胸の中にありますゆえ、ご安心くださいませ」

将監は当然だ、という顔でうなずいた。

吉左衛門は、ある男の顔を脳裏に思い浮かべた。

(あの男なら蘭方医ゆえ毒にも通じおろう。あの男を使えばよい)

吉左衛門は手をつかえると頭を下げ、立ち上がって御用部屋を後にした。

八

きぬは伊都子を自分の部屋に呼んだ。

茶を点《た》て、伊都子の膝前に油滴天目茶碗《ゆてきてんもくぢゃわん》を置いた。香が薫《た》かれており、心が落ち着く気がする。

伊都子が茶を喫するのを待って、きぬは話し始めた。

「初殿の懐妊の話を伊都子殿はどう聞かれましたか」

伊都子は戸惑いながら、

「きぬ様の仰せのごとく、めでたいことだと存じました」

「そうですか。お医者様として妙だとはお思いになりませんでしたか」

「妙とは」

伊都子は首をかしげた。

「わたくしの夫と息子たちが上意討ちにあってから、すでにふた月余りになります。その前に初殿が懐妊していたとしたら、すでに悪阻《つわり》などがあるはずですが、わたくしにはさような気配は感じられませんでした」

言われてみれば、伊都子も毎朝、傷の具合を診てきた初に異常を感じなかった。

「まさか、初様が偽りを申されたと言われるのですか」

伊都子は息を呑んで訊いた。

「それはわかりません。ただ、初殿は芳江殿にまだ子がいないではないか、と言われたおり憤ったように見受けました。子がいないと謗《そし》られたときに女子が我を忘れるほど激昂《げきこう》することは間々、あることですから」

きぬは淡々と言った。

「ですが、さようなことが藩に知られれば、初様はお命が危うくなりましょう」

伊都子が危ぶむときぬは笑った。

「女子は、自分を軽んじた相手への憤りで危うさなど忘れてしまうものです。伊都子殿には思い当たることがありませぬか」

「それは」

きぬの言っていることは当たっているのではないかと伊都子は思った。

初が懐妊しているという話を吉左衛門に伝えるのは、しばらく待った方がいいのかもしれない。

そう考えたとき、ふと、すべては伊都子が初の懐妊を藩に報せるのを遅らせるためのきぬの詐術なのではないか、という疑いが湧いた。

きぬは穏やかな表情で伊都子を見つめている。

伊都子は思い切って訊いた。

「きぬ様はわたくしを敵だとお思いですか、それとも味方だとお思いですか」

微笑《ほほえ》みながらきぬは答える。

「敵とも味方とも思っておりませぬ。ただ、お医者様であることは存じております。それゆえ、わたくしたちに味方はされずとも、命は守っていただけるのではないかと思っております」

自信ありげなきぬの言葉に伊都子は気圧《けお》される思いがした。

白鷺屋敷の女たちの命を守るために、自分には何ができるのだろうか、と伊都子は悩んだ。

――三日後
白鷺屋敷を役人が訪れた。

この日、きぬが朝から眩暈《めまい》がするということで、伊都子は薬を調合していた。女中のそのが役人の訪れを告げると、きぬはうなずいた。

「お会いいたします。客間にお通しなさい」

そのが玄関に向かうと、きぬは立ち上がろうとした。しかし、不意に体がよろけて障子につかまった。

伊都子はきぬの体を支えつつ、

「大事ございませんか。お役人と会うのは芳江様に代わっていただいたらいかがでしょうか」

と言った。きぬは頭を横に振った。

「そうはいきません。わたくしたちがこの屋敷で生き延びられるかどうかは、すべて藩との交渉にかかっています。おろそかにはできないのですよ」

藩の役人と会うのはきぬにとっては皆を守る戦いなのだ。伊都子は頭が下がる思いがした。

その後、初の様子には変わったところは見られない。悪阻などはないようで、体つきにも変化はなかった。

伊都子は何度か初に悪阻のことを訊《たず》ねた。だが、初は平然として、

「わたくしは悪阻が軽いようです」

と言うだけだった。

伊都子はきぬの体を支えつつ、客間に向かいながら、役人は何の用事で来たのだろうか、と思った。

もし、初が懐妊しているのが確かならば、今日、役人に告げておくべきだ。しかし、伊都子はそんな気にはなれない。相変わらず、どうしたらいいのか、と思い悩むばかりだった。

頭の片隅でそんなことを考えながら、きぬを支えて客間にゆっくりと入った伊都子ははっとした。

顔見知りの役人の後ろに総髪で羽織袴《はおりはかま》姿の戸川清吾が座っていた。

清吾は伊都子の父、昌軒にとって主筋《しゅうすじ》の戸川伝右衛門の息子で、伊都子とは幼馴染《おさななじみ》だ。いまは大坂の緒方洪庵の適塾に入門して蘭学を学んでいた。

伊都子が思わず、

「清吾様」

と声をかけると清吾はにこりとして頭を下げた。

だが、一緒にいる役人の手前なのか、言葉を発しない。

眉が太く、目がぎょろりとした役人が伊都子をにらんだ。伊都子はあわててきぬを座らせると座敷の隅に控えた。

役人は伊都子がいるのが気に障るのか、顔をしかめたが、それでも何も言わず、きぬに向かって、

「先日、この屋敷で死人が出た。まことに由々しきことである。女人ばかりの屋敷ゆえ、かような胡乱《うろん》なことが起きるのであろう。それゆえ、男の医師をいまひとり付けることにあいなった。さよう心得よ」

役人はそう言って、背後にいる清吾のことを、

「大坂の適塾にて蘭方を学んだ戸川清吾殿である」

と紹介した。きぬは微笑んだ。

「女ばかりの屋敷ゆえ、不用心だと思っておりました。蘭方医の方に来ていただくのも心強い限りです」

清吾は軽く頭を下げてあいさつした。

「いまだ、修業中の身でございますゆえ、伊都子殿と力を合わせて務めたく存ずる」

きぬが面白そうに伊都子を振り向いた。

「おや、伊都子殿とはお知り合いですか」

「幼馴染にござる」

清吾はあっさりと言った。伊都子は清吾の言い方にすこしも艶《つや》めきがないのが、何となく物足りない気がした。

役人は清吾が伊都子の知り合いだと言ったことが気に入らないのか、苦虫を嚙《か》み潰したような顔をしている。

役人が帰った後、きぬは清吾を皆に引き合わせ、今日からこの屋敷に詰められます、と告げた。いままで女ばかりだった屋敷に清吾が入ると聞いて、皆の間にはかすかな動揺があるようだった。

きぬはさりげなく付け加えた。

「戸川殿は、伊都子殿と幼馴染ということです。これもおふたりの縁というものかもしれませんね」

きぬの言葉を受けて清吾が軽く頭を下げたときには、一瞬、ゆらめくようだった女たちの戸惑いは鎮まっていた。

皆への紹介が終わった後、伊都子と清吾は客間で話をした。

「清吾様が白鷺屋敷にお入りになるなど夢にも思いませんでした」

「わたしも昨日までは考えもしなかったことだ」

清吾は笑いながら、これまでのことを話した。

大坂の適塾で学んでいた清吾に父の伝右衛門が病床に臥《ふ》したという報せが届いたのは先月のことだった。

急いで帰国してみると、伝右衛門の病は重篤だった。このため、しばらく国許に留まることにした。しかし、清吾は藩から遊学を命じられて大坂に出ているため勝手に国に戻ることは許されない。

そのため遊学の中断を願い出ていたところ、昨日になって椎野吉左衛門から呼び出されて、

「白鷺屋敷に詰めるなら国許にいることを許そう」

との話があったという。

「できれば父を看取《みと》りたいのだが、藩の命とあればいたしかたない。国許にいればせめて末期《まつご》の水をとることぐらいはできるだろうから」

清吾はさびしげに言った。

清吾には兄が三人おり、長兄の弥一郎《やいちろう》がすでに家督を継いでおり、永年、かかりつけの医師もいることから、看病などの心配はない。

それで国許にいることを許してもらうかわりに、白鷺屋敷に詰めることを承知

したらしい。

「そうだったのですか」

伊都子はうなずきながら、白鷺屋敷のことをどれだけ詳しく話していいものだろうか、と迷った。

死んだと思われていた千右衛門が生きているかもしれないことや、初が懐妊していると自ら言ったことなどを告げれば、清吾はどうしたものか、と思い悩むに違いない。

清吾にとって大事なのは父を看取るために国許に留まることなのだ、と知れば、やはりできるだけ清吾には詳しいことを知らせない方がいいのではないか。

伊都子がそう考えたとき、清吾はふと、

「時に初様という方はどのようなひとなのだ」

と訊いた。

「初様がどうかされましたか」

伊都子が訊くと、清吾は首をかしげた。

「いや、何か悲しげに目を伏せておられたが、わたしが座敷を出ようとしたおり、初様も部屋を出られた。その一瞬だけ、わたしを見た気がする。何か困ったことがあって、助けを求めているひとのような気がしたのだ」

初のそんなところが、男の関心を惹《ひ》くのかもしれない、と伊都子は思った。

初がわざとそのように振る舞っているとまでは思わないが、まわりにいる男に、何かして助けてやろう、という気を起こさせるのだ。

伊都子は、できるだけ落ち着いた声で、

「白鷺屋敷の方たちは、皆、困った立場におられて、助けを求められているのかもしれません」

と言いながら胸にかすかな嫉妬が湧くのを覚えた。

「なるほど、上意討ちにあった佐野了禅様のご家族ゆえ、さようなこともあるだろうな」

清吾はうなずいた。

その後、伊都子と清吾はたがいが持ってきた薬を照らし合わせた。そのとき、清吾が持ってきた小さな黒漆塗りの蓋付の器に伊都子は目を止めた。

清吾はあわてた様子で、

「ああ、それは、伊都子殿には必要のないものだ」

と言った。伊都子は訝《いぶか》しく思った。せっかく持ってきた薬ならば、伊都子が使うこともあるはずではないか。

「何の薬か教えていただいたほうがいいように思います。それとも蘭方医しか知ってはならない薬なのでしょうか」

伊都子が詰め寄ると、清吾は困ったように、

「附子《ぶし》が入っているのだ」

と言った。

「毒ではありませんか」

伊都子は青ざめた。

「毒ではあるが薬でもあることは伊都子殿も知っているはずだ」

附子は漢方薬で用いるトリカブトの根から作る薬だ。

微量なら鎮痛などの薬効があるが、薬などに毒性があり、使い方しだいでは毒薬にもなる。

「されど、ここには附子を使わねばならぬような病人はおりませぬ」

「そうかもしれぬが、椎野様に毒にも使える薬を持っていくようにと命じられたのだ」

清吾は困ったように答えた。

「なにゆえ、そのようなことを命じられたのでしょうか」

伊都子は問い返しながらも、吉左衛門がなぜ、毒薬を持っていくように命じたのか、そのわけはわかっていた。

女たちの中に懐妊した者がいれば清吾に毒殺させるつもりなのだ。

「椎野様の仰せでは、この屋敷には自害を図ったことがある女人《にょにん》もいるそうだ。そのような者が出て、死にきれず、苦しんでいたおりに楽にしてやれ、と」

清吾は首をひねりながら、答えた。

「清吾様はさようなお話を信じられたのですか」

「いや、そういうわけではないが、椎野様のお許しがなければわたしは国許に留まることができぬ。やむを得なかったのだ」

清吾は面目無げに言った。このような清吾に吉左衛門は女人を毒殺させようとしているのだ、と思うと伊都子の胸に憤りが湧いた。

そのとき、縁側の方で足音がした。

きぬが縁側から客間をのぞき込んで、

「おや、おふたりだけでしたか。いま、誰かが縁側にいたように思えたのですが」

と言った。

伊都子は不安になった。

たったいま、清吾と話していた附子のことを誰かに聞かれたのだろうか。

きぬはなおも中庭に目を遣《や》って、

「おかしなことがあるものです」

とつぶやいた。

清吾は附子が入った黒漆塗りの蓋付の器を素早く懐に隠した。


翌朝、伊都子が起き出して、中庭に出ていると、清吾が縁側に来て手招きした。顔色が青い。伊都子は急いで近づき、

「何かございましたか」

と訊いた。

清吾は声を低くして、

「今朝、起きたら、薬箱の中に入れていた附子が無いのだ」

「まさか、そのような」

伊都子は息を呑んだ。

「わたしが寝ている間に何者かが忍び込んで盗んでいったとしか思えない」

清吾は唇を嚙んだ。

「誰が盗んだか見当はお付きになりませんか」

伊都子は真剣な眼差《まなざ》しで清吾を見つめた。

「そのことだが」

清吾は腕を組んで困ったように言った。

「部屋によい匂いが残っていた。女人の香袋の匂いではあるまいか。あの匂いは嗅いだことがある気がする」

「この屋敷の誰かの香袋の匂いだと思われたのですね」

うむ、と清吾はうなずいた。伊都子は胸がどきりとした。堀内権十郎が殺されたとき、血刀を手にしていた初は、その後、指から血の匂いがとれないといって香袋を身につけるようになっていたのだ。

「初様の香ではありませんでしたか」

伊都子が言うと、清吾はひどく驚いた顔になった。そして独り言《ご》ちるように言った。

「そうかもしれない」

清吾の声にはどこか陶然とした響きがあった。

九

誰が附子の毒を持ち出したのか、わからぬまま一夜が明けた。

伊都子は台所で朝餉《あさげ》をとった。

すると竈《かまど》で煮炊きをしていた女中のゆりがいきなり立ち上がると隅に行ってかがみこんだ。春があわてて駆け寄り、背中をさすった。

「大丈夫、ゆりさん」

春が声をかけるとゆりは、咳《せ》き込みながらも、

「大丈夫」

と答えた。しかし、声がかすれている。

伊都子は土間に降りて、ゆりの傍らに寄った。額に手をあててみる。汗ばんでいるが、熱があるというほどではない。

伊都子はゆりの顔をのぞきこんだ。

「風邪は引いていませんね。何か当たりそうなものを食べましたか」

伊都子に訊かれて、ゆりは頭を横に振った。伊都子がなおも訊こうとしたとき、

ゆりは顔をそむけた。

ゆりは自分の症状が何のために起きているのか知っているのだ、と伊都子は察した。

悪阻

なのではないか。

「ゆりさん、あなたは」

伊都子が言いかけると、ゆりは怯《おび》えた表情になって立ち上がった。

「すみません、少し休ませてください」

ゆりは春に支えられながら、板敷に上がり、台所の傍の女中部屋に入った。ゆりの様子を、そのも心配そうに見守っていた。

伊都子はそのに近づいた。

「ゆりさんは身籠っているのではありませんか」

伊都子は率直に訊いた。

そのは困惑した表情になったが、やがて思い切ったように言った。

「このことは初様にはご内聞に願います」

伊都子ははっとした。

「それは、まさか」

そのはうなずいて、

「はい、さようです。ゆりさんは、千右衛門様のお手がついておりました」

とためらいがちに言った。

「それで、初様に知られると困るのですね」

そのは、はいとうなずいてから、

「初様は恐ろしいお方ですから、もしゆりさんのことが知られたらどんな目に遭わされるかわかりません」

と言った。

「初様はやさしい方のように思いましたが」

伊都子が何気なく言うとそのは身震いした。

「とんでもない。わたしたちはきぬ様や芳江様よりも初様を恐ろしく思ってきました。あの方に叱られると、いつも血の気が引く思いがいたします。それに」

言いかけてそのは口をつぐんだ。

伊都子は励ますように言葉を添えた。

「何でも話してもらった方が力になれると思います。ゆりさんが身籠っていることはいずれ隠しようがなくなるのですから」

そのは少し考えてから意を決したように口を開いた。

「初様は殿方をご自分に引きつけて弄《いら》うのを好まれるのです」

「まさか、初様が不義密通をされているというのですか」

伊都子は驚いた。そのはゆっくりと頭を振った。

「いいえ、不義をされるのではなく殿方を自分の思うままに動かしてもてあそばれるのです」

「そのようなふしだらな真似《まね》を」

伊都子が言うと、そのは腹立たしげに答えた。

「いいえ、初様はそのようなことは決してされません。ただ、思わせぶりな言葉や素振りをされて、殿方を惑わせるのです。堀内権十郎様があのような亡くなり方をされたのもそのためだとわたしたちは思っています」

佐野家の家士、堀内権十郎が白鷺屋敷に忍び込み、何者かに殺《あや》められたのは、先日のことだった。

権十郎がなぜ忍び込んだのかは謎だったが、そのの話では初に魅《ひ》かれてということになるようだ。そのは声を低めて、

「お屋敷にいるころから、そうだったのです。初様は何かというと権十郎様に声をかけておられました。あれでは権十郎様が勘違いされるのも当たり前です」

と言った。

初がそんな女なのだと言われてみれば、伊都子にも思い当たる節があった。目付役の椎野吉左衛門は怜悧《れいり》に見えるが、かつて初と縁組がととのいかけたという思いをいまもひきずっているかのようだ。

白鷺屋敷を訪れた際の様子を見れば、いまも初へのそこはかとない思いを抱いているのではないか。

初が吉左衛門の気持も手玉にとっているのであれば、そのが言う通りの恐ろしい女人だということになる。そのはさらに言葉を継いだ。

「千右衛門様がゆりさんに手を出されたのは、初様がうとましかったからだと思います。ゆりさんはそんなことになりたくなかったけれど、仕方が無かったんです」

そのはきっぱりと言った。

（本当にそうなのだろうか）

伊都子が考え込んでいるうちに、春が女中部屋から戻ってきた。

「ゆりさんには床をとって休んでもらいました。いまから若奥様のお許しをいただいてきます」

春が言うと、伊都子は訊いた。

「芳江様にはゆりさんが身籠っていることは話すのですか」

春はぎょっとしてそのに目を走らせた。そのがうなずくのを見てから、観念したように言った。

「いいえ、芳江様には申し上げません。でも、大奥様にはいつか申し上げなければいけないと思っております」

そうですか、とうなずいた伊都子は言った。

「そのことは急いだほうがいいでしょう。あなた方から伝えにくければ、わたしがきぬ様に内密に申し上げましょうか」

伊都子の言葉を聞いて、春はぱっと顔を明るくした。

「そうしていただけるとありがたいです。わたしたちが大奥様に申し上げるのはいかがなものかと迷っておりました」

伊都子は頭を縦に振った。

「わかりました。では、わたしがお伝えしますから、あなた方はゆりさんに間違いが起きないように見守ってください」
ふたりは、異口同音に、
はい
と答えた。

伊都子は朝餉の後、すぐにきぬの部屋に行った。縁側から声をかけて部屋に入ると、結がいて、きぬと折り紙をして遊んでいた。

伊都子がちょっと困って見つめると、聡《さと》い結はすぐに立ち上がった。

「叔母上様のところで遊びます」

にこりとして言った結は、そのまま部屋を出ていった。

伊都子はほっとしてきぬの前に座った。

「実は、お伝えしておかねばと思うことができました」

何事です、ときぬは顔を向けた。

伊都子はためらいがちに女中のゆりが身籠っていること、相手は千右衛門らしいこと、さらに女中たちは初を一番、恐れていることなどを話した。

眉をひそめて聞いていたきぬは、伊都子が話し終えると、大きなため息をついた。

「なるほど、そういうことでしたか。初殿がいきなり身籠っているなどと言い出したので、何があったのだろうと思っていました」

伊都子は目を瞠《みは》った。

「それでは初様はゆりさんが身籠っていることをご存じなのでしょうか」

「誰が身籠ったかまで知っているかどうかはわかりません。しかし、あのひとは恐ろしいほど聡いひとですから、何かを感じ取っていたのだと思います」

「では、初様が身籠っているというのは」

「わたくしは偽りだと思っていました。あのひとは千右衛門の子を女中が身籠ったことが明らかになれば、自分の誇りが傷つくと思ってあのようなことを言ったのでしょう」

「しかし、身籠っているなどという偽りはすぐにばれるではありませんか。それなのになぜ身籠っているなどと言われたのでしょう」

きぬは、ふふ、と笑った。

「女子はおのれの見栄のためなら先のことなど考えませぬ。たったいまがあるだけなのです。その気持を果たすためなら死をも厭《いと》いはしますまい」

「さようなものでしょうか」

伊都子は首をかしげた。

「あなたは、まだお若いのです。女子にとって見栄がどれほど大事か。いずれおわかりになるでしょう」

そう言われれば、納得するしかなかったが、ゆりのことをきぬがどうするつもりなのかは気になった。

「ゆりさんのことはいかがされるおつもりなのでしょうか」

伊都子が訊くと、きぬは問い返した。

「それはこちらが訊きたいことです。あなたは椎野殿の命によってこの屋敷に来られた方です。千右衛門の子を身籠った女がいれば、報せねばならないのではありませんか」

確かに椎野吉左衛門からそのように命じられていた。

これまで誰であろうかと疑い、初が身籠ったと言ったときには、吉左衛門に報せるべきではないかと思い悩んだ。しかし、実際に身籠っているのはゆりだと知ると、迷いはなくなっていた。

「たしかにさようですが、その前にわたしは医者で、しかも女子です。女人が身籠って子をなすまでの大変さは承知いたしております。わたしはどういう謂《いわ》れがあるにせよ、生まれてくる子を医者として守らねばならないと思います」

伊都子が言うと、きぬはにこりとした。

「嬉《うれ》しい言葉を聞きました。この白鷺屋敷の女たちはいつまで命があるのかわかりません。それだけにわたくしは生まれてくる命は大切に守りたいと思っています。あなたと力を合わせることができて、本当に嬉しく思っています」

きぬが声を震わせて言うと、伊都子もいつの間にか涙ぐんでいた。しばらくして、わたくしの考えを聞いておいていただきましょう、ときぬは言った。

「承ります」

伊都子が膝をにじらせて近づくと、きぬは声をひそめた。

「このことはできるだけ隠しておきます。そして、女中たち三人にはいずれ暇をつかわそうと思います。藩ではわたくしたちの世話をさせるために元からの女中をつけていますが、わたくしたちが世話はいらない、と言えばこの屋敷から出られましょう。その後で千右衛門の子であることは隠して産んでもらうしかありませんね」

伊都子はうなずいた。

「仰せの通りかと存じます」

きぬは続いて何か言おうとしたが、ふと顔を障子に向けて、
誰です
と声をあげた。伊都子がはっとして振り向くと障子に黒い影が映っている。その影が障子に手をかけて開けると、笑みを含んだ声で、

「結殿をお届けにあがりました」

と言った。

初だった。結の片手を引いている。

「初殿、そなたいつからそこに」

きぬが訊くと、初は結とともに部屋に入りながら、

「たったいまでございます。それがどうかいたしましたでしょうか」

とにこやかに言ってのけた。

結が悲しそうに目を伏せた。

初は嘘《うそ》を言っているに違いないと伊都子は思った。

十

数日が何事もなく過ぎた。

伊都子はこの日、朝からいつも通り、きぬを診た後、初を訪れた。

初から、近頃、頭痛がひどいので薬をもらえないかと言ってきたからだ。部屋に入って症状を聞いてから薬の調合を始めた。

その時、縁側に清吾が来て、伊都子に声をかけた。伊都子が振り向くと清吾は青い顔をしている。

「何事でしょう」

伊都子が訊くと、清吾はちょっと来て欲しい、というばかりだった。やむなく伊都子は、薬は後で届けますから、と言って立ち上がった。

初が清吾に向かって何があったのでしょうか、と訊いた。清吾はあわてて、

「いえ、たいしたことではございません」

と答えた。

初は明るい表情で微笑んだ。

「たいしたことはないのですね」

初の声音にはなぜかしら不気味なものがあった。

伊都子は訝しく思って振り向いたが、初は微笑んでいるばかりだった。

清吾は伊都子を台所に連れていった。

春とゆり、そのの三人がいた。

すでに昼餉《ひるげ》の支度が始まっていたらしく、煮物の鍋が竈から下ろされ、板敷に置かれていた。その鍋のかたわらに白猫が一匹、横になっていた。

伊都子はぎょっとして板敷に跪《ひざまず》き、猫にさわった。まだ、生暖かいがぴくりとも動かない。

清吾が気味悪そうに、

「死んでいるのです」

と言った。見ると板敷には猫が吐いたらしいものが散乱していた。伊都子は猫の吐しゃ物を指ですくって臭いをかいでみた。

すっぱそうな臭いがするだけで何もわからない。

「附子の毒だと思う」

清吾が複雑な表情で言った。

「それでは」

伊都子は煮物の鍋を見つめた。清吾が話を続けた。

「そうだ。誰かが煮物の鍋に附子の毒を仕込んだのだ。この白猫は野良猫で日ごろから台所に入り込んで食べ物を漁《あさ》っていたらしい。おそらく煮物を食べようとして毒を口にしたのだろう」

「なるほど、さようですね」

伊都子が落ち着いた声で言うと、清吾は顔を寄せて耳元で囁《ささや》くように言った。

「落ち着いていて、よいのか。何者かがこの屋敷の人々を殺そうとしているのだ。椎野様にお報せをすべきだろう」

「猫が死んだ、と報告するのですか。却《かえ》ってお叱りを被《こうむ》りましょう」

伊都子に言われて清吾はたじろいだ。たしかに、たかが猫が死んだことを騒ぎ立てれば叱責されるかもしれない。

それにいずれにしても、清吾がこの屋敷に持ち込んだ毒が使われたのだ。猫ではすまず、ひとが毒殺されでもしたならば重い咎《とが》を受けることになるだろう。

「清吾様、仮に猫が毒で死んだと訴えても、結局はわたしたちによく見張れとの命が下るだけでしょう。それよりも屋敷の者の誰の手に毒があるのかを突き止めるのが先なのではありませんか」

諭すように言う伊都子の言葉を黙って聞いていた清吾はやがて腹を固めたらしく、

「わかった。たしかにそれしか方法がないようだ」

と言った。

「さようです」

伊都子はうなずいてから、春たちに顔を向けた。

「この鍋に何かを入れるひとを見ましたか」

伊都子が尋ねると春は頭を横に振った。

「わたしたちは忙しく働いておりますので、台所に誰もいなかったときもあります。そのおりに何かされたら、わかりません」

そのが白猫に目を遣りながら、

「やはりあの方だと思います。あの方がわたしたちを脅されているのです」

と言った。すると、ゆりが突然泣き出した。

「申し訳ありません。わたしのために皆に迷惑をかけてしまって」

泣き崩れるゆりを春とそのが寄り添って慰めた。事情がわからず、訝しそうにしている清吾に向かって、伊都子は言った。

「毒を使ったひとは、残虐でひとの心を弄《もてあそ》ぶようです」

「なぜ、そうだとわかる」

清吾が訊くと、伊都子は唇を噛んだ。

「煮物の鍋に毒を入れたのは、誰かひとりを狙ったんじゃありません。この家にいる者たちを怖がらせたいのです」

「なぜ、そんなことをするのだろう」

清吾は首をひねった。

「わかりません。でも、そのひとは自分の見栄や誇りを傷つけるものが許せないのかもしれません」

「しかし、白鷺屋敷にいる女人たちは、いずれ処刑されるかもしれないのだぞ。そんなときに自分の見栄や誇りを気にする者がいるだろうか」

清吾が疑問を口にすると、伊都子は悲しげに答えた。

「きぬ様は女子はさようなものだと言われました。目の前のことだけが大切で、そのためには死をも厭わないと」

伊都子の脳裏に初の美しい笑顔が浮かんでいた。

台所で猫が死んでいたことはきぬだけに報告し、芳江や結の耳には入れなかった。

この日の昼過ぎ、伊都子は初の部屋に調合した薬を持っていった。

初はさりげなく、今朝方は何かあったのか、と訊いた。

「いえ、さしたることではございません」

素っ気なく伊都子は答える。

「そうですか。結殿が白猫がいないと言って随分、探しておられたので、そのことと関わりがあるのかと思いました」

伊都子は目を瞠った。

「結様はなぜ白猫を探しておられるのですか」

「ご存じありませんでしたか、結殿は時々、入り込んでくる白猫を可愛《かわい》がってこっそり餌などを与えておられたようです」

それでは、可愛がっていた白猫が毒で死んだとなれば、随分と悲しむだろうな、と伊都子は残念に思った。

それにしても、初のしたたかな物言いはどうしたことだろうか。

伊都子は附子の毒を持ち出し、さらに煮物の鍋に入れたのは初の仕業ではないかと疑っている。

もし、初が実際に毒を盗み出して、猫も死なせたのだとしたら、これほど平然としているのは異常なことのように思えた。

（ひょっとしたら、初様ではないのかもしれぬ）

そんな思いが湧いてきたりした。しかし、初のほかに誰がするだろうかと考えても思い浮かばない。

やはり、初様だ。そう考えるしかないのだ、と思った。

初は伊都子が調合した薬湯をゆっくりと飲んだ。

「これでゆっくり眠ることができそうです」

伊都子は思わず訊いた。

「近頃、眠れないことがあるのですか」

「はい。何やら物の怪《け》に見張られているような気がして眠れないのです」

「物の怪とは、どのような？」

伊都子が訊くと初は寂しげに答える。

「烏天狗に決まっているではありませんか」

はっとして伊都子は息を呑んだ。

烏天狗の面をつけていた権十郎は殺されたが、殺した相手の烏天狗はまだ、この屋敷を見張り、時には忍び込んでいるのではないか。

(もし、そうだとすると、勘違いをしているのかもしれない)

伊都子は居たたまれなくなって、部屋を出た。

清吾に話そうかと思ったが、白鷺屋敷の複雑な内情に清吾を近づけるのもためらわれた。

やむなく、きぬのもとへ行った。

きぬの部屋の前の縁側に来て膝をつくと、中から芳江の声がした。芳江は何事かしきりに訴えている。

「義母上様、本当のことを仰せになってくださいませ。結が見たのだから間違いはないのでございますよ」

きぬは答えない。その沈黙に耐えかねるのか、芳江はさらに言い募っている。

「やはり、初殿はわが家の疫病神だったのです。あのひとのおかげですべては悪い方にいったのですから」

芳江の激昂した声が障子の外まで響いた。

しかし、きぬは何も言わない。

芳江の話は終わりそうにないだけに、部屋に入るわけにはいかなかった。

それにしても、結が見たものとは何なのだろう、と思いつつ縁側を引き返した。

途中で、中庭でひとりぽつんとしている結を見た。

思わず、結様、いかがされました、と声をかけた。結は振り向くと、にこりと笑って駆け寄ってきた。

「母上とおばあ様のお話はもう終わったでしょうか」

結に訊かれて、伊都子は頭を横に振った。

「いいえ、まだ続いていらっしゃいます」

そうですか、と結はがっかりした表情になった。

「結様」

伊都子は縁側に座り、結を傍に腰かけさせた。

「母上はきぬ様に何か願いごとをされていましたが、何のことなのでしょう」

結は困ったように首をかしげたが、やがて、ぽつりと言った。

「烏天狗のこと」

「烏天狗」

「この間、伊都子様がおばあ様の部屋にいらしたでしょう。あのとき、初様の部屋に行ったら、初様はいなくて烏天狗がいた」

伊都子はどきりとした。やはり、烏天狗はこの屋敷のどこかにいるのだ。

「それは、恐ろしかったでしょう」

結がどれほど怖い思いをしたかと思った。だが、結は、

「怖くなかった。初様がすぐに部屋に戻って来られて、おばあ様の部屋に連れていかれた。そのとき、烏天狗を見たことは誰にも言ってはいけないと言われた。それが悲しかった」

あのとき、結が悲しげだったのは、そのためだったのかと伊都子は思い至った。

「では、そのことを母上に話されたのですね」

こくりと結はうなずいた。

芳江は結が初の部屋で烏天狗を見たことを知って、きぬに話しに行ったのだろう。しかし、芳江の激昂した様子は何のためだったのか。

わからない、と思っていると、きぬの部屋から芳江が疲れた様子で出てくるのが見えた。伊都子はあわてて、

「わたしに烏天狗の話をしたことは母上に言わないほうがいいと思います」

子は胸が痛んだ。


と囁いた。

結はわかっているというようにうなずいた。

この子に大人たちがどれほどの秘密を押しつけているのだろう、と思うと伊都子は胸が痛んだ。


その日の昼下がりになって、伊都子は清吾に結が烏天狗を見たらしいと話した。

烏天狗の一件だけは自分の胸に秘めておくわけにはいかない、と思った。

清吾はううむ、とうなった。

そして、結様が見たのは、まことに烏天狗だったのだろうか、見間違えということはないだろうか、と言った。

「結様はしっかりしておられます。見間違えるということはないと思います」

伊都子はきっぱりと言った。清吾はなおもうなったが、やがて、

「では、初様が千右衛門様をひそかに匿《かくま》っているということになるな」

「そうだと思います」

清吾は伊都子を見つめた。

「わたしたちは椎野様からこの屋敷の見張りを命じられてきたのだ。上意討ちに

あって死んだはずの佐野千右衛門様が生きているのだとしたら、椎野様に報せなければならない」

ひややかに清吾は言った。

「ですが、そうなれば白鷺屋敷の女人たちは千右衛門様を匿ったとして罰されましょう。あるいは死罪かもしれません」

その時はあの結も処刑されるかもしれない、と思うと伊都子はぞっとした。

清吾は伊都子の目を見たまま言葉を継いだ。

「それが嫌ならば、千右衛門様に立ち退いてもらい、二度とこの屋敷に近づかぬようにするしかない」

「どうすれば、そんなことができるのでしょうか」

「千右衛門様がこの屋敷にひそんでいるなら、どこかに隠し部屋のようなものがあるのかもしれない。いつもそこにいるわけにはいかないから、時折り、初様の部屋に来ているのだろう。あるいは夜だけ、初様のもとに忍んできているのかもしれない」

伊都子がうなずくと、清吾はためらいがちに、

「夜、初様の部屋の様子をうかがい千右衛門様がいるかどうかを確かめるしかな

いな」

「確かめてどうされます」

清吾が危うい目に遭うのではないかと伊都子は心配になった。もし、権十郎を殺めたのが千右衛門だとすれば、様子をうかがっていた清吾を容赦なく殺すのではないか。

「わたしの話を聞いてくれるかどうかわからぬが、屋敷を出るように説得してみる。千右衛門様とて、初様たちを処刑されたくはないはずなのだから」

「そうでしょうか。危うい気もいたしますが」

「大丈夫だ。それが皆のためだと心を込めて話せばわかっていただけよう」

清吾は自信ありげに言った。


その夜、清吾は初の部屋を見張った。

伊都子は寝る気にもなれず、起きたまま、灯《あか》りを消した部屋で何事か起きるかどうかを待った。

夜が更けた。

屋敷の中は気味が悪いほど静まり返っている。伊都子が座ったままうとうととしかけた時、突然、女の悲鳴が聞こえた。

「助けて、誰か」

伊都子はあわてて部屋を出た。ほかの部屋からもきぬや芳江たちが出てくる。縁側に立って見ると、初の部屋の障子が開け放たれ、月光に照らされた中庭に清吾が転がって、もがいていた。

その前に烏天狗の面をかぶった男が立っている。手にした脇差が月光に青白く光った。

清吾は片手をあげて、男に向かい、

「誤解でございます。わたしは、あなた様に穏便にこの屋敷を出ていってもらいたいと初様に申し上げただけなのです」

「かような夜中に女人の部屋に入り込んで、さような話をしていたというのか」

縁側の初が、柱に摑《つか》まりながら、

「まことでございます。わたくしたちは怪しげなことはしておりません」

と叫ぶように言った。

男は初を振り向いて、

「そなたは、いつもそのように言って、男を弄ぶのだ」

と悲しげに言って烏天狗の面をとった。

芳江が息を呑んで声をあげた。

旦那様
きぬがうめくように言った。

「小一郎、やはりそなたであったか」

烏天狗の正体は佐野家の長男小一郎だった。上意討ちにあって死んだはずの小一郎がなぜ生き延びて、弟の妻である初の部屋に潜んでいたのか。

伊都子はあまりの恐ろしさに体が震えた。

十一

小一郎はうつろな表情をして話した。

「初がわが家に嫁いで来てから間もなくのことでした。初夏の緑が濃いころ、初は庭に出て桶《おけ》に汲《く》んだ水を庭木にかけておりました。雨がしばらく降っていなかったからでしょう。しかし、そのようなことは下男の仕事ですから、わたしは止《や》めるように初に言ったのです」

小一郎は縁側から下駄を履いて庭に下りた。初のそばに行って水桶を取ろうとしたのだ。なぜ、そんなことをしたのか、後になって考えてみると、不思議だった。

気がついたら、引き寄せられるように、初のそばに立っていた。初夏の陽射《ひざ》しが初の頰や襟足に輝きを与えていた。

初は笑顔で水桶を持ったまま、

「大丈夫でございます。実家では庭木への水やりはわたくしの仕事でしたから」

と言った。そんなことがあるのだろうか、と小一郎は首をかしげながら水桶の柄に手を伸ばした。

初は水桶を放さない。小一郎が水桶の柄を握ってもそのままにしている。自然、指先がかすかにふれた。

小一郎は指先が火傷《やけど》をするのではないかと思うほど熱く感じた。しかし、水桶から手を放せなかった。

ただ、水桶を取ろうとしているだけだ。初の手をにぎっているわけではない。それでもかすかにふれた初の指先から熱いものが伝わってくるのはなぜなのか。初の指は水をあつかっていたためなのか、ひやりとしている。

それなのに熱いものが伝わってくるのだ。初は指がふれていることに気づかないのか、無邪気な笑みを浮かべて、

「雨が降らずにいると、いまにも庭木が枯れてしまいそうな気がしてかわいそうになってしまうのです」

と言った。

「木は地中の水を吸うものだから。少しぐらい雨が降らずとも大丈夫だ」

小一郎の言葉に初は目を丸くして、かわいらしく笑った。

「まあ、そうなのでございますか。わたくし、そんなことも知りませんでした」

初は一歩、小一郎に近づいた。

指先がさらにふれた。

初は小一郎を見つめる。

「わたくし、本当に何も知らなくて恥ずかしゅうございます。これからもいろいろ教えてくださいませ」

小一郎は後退《あとずさ》って初から離れようとしたが、足が動かない。

初の香をかいだ。

「教えると言っても、何を教えるのだ」

小一郎は冗談に紛らすように、ぎこちなく笑いながら言った。

「義兄上《あにうえ》様のお好きなものとか、お城での話とか」

初の指先は小一郎の指に重ねられていた。小一郎は胸がざわめくのを感じながら、

「そんなことは千右衛門に訊けばよい」

とわざと突っ放すように言った。

初はぱっと顔を赤くした。

「そうでした。わたくし、おかしなことをお尋ねしてしまいました」

恥ずかしげに言いながら、初の指はなおも小一郎の指を求めるかのように重ねられている。

初
小一郎はかすれた声を出した。

水桶から手を放せと言おうとした。気づかないのかもしれないが、手がわたしの手にふれている、と言わなければとも思った。

だが、言えなかった。芳江を妻に迎え、娘の結を得て、何の不満もなく過ごしてきた。友人たちからは、遊里への誘いも断ることから、堅物扱いをされてきた

が、それでいいと思ってきたのだ。

小一郎はそっと水桶から手を放した。

初は水桶には目を向けず、じっと小一郎を見つめている。

「義兄上様、どうかなさいましたか」

初は首をかしげて訊いた。

「何でもない。庭木に水をやりたければ、やるがよい」

小一郎は初から目をそむけて、縁側に戻ろうとした。すると、初が悲しげな声で、

「わたくし何か義兄上様の気に障るようなことをいたしましたでしょうか」

と言った。

小一郎は振り向いた。

「いや、違う。そんなことはない」

そう言いながら、わたしはそなたを気に入っている、と胸の中でつぶやいた。すると、初はその言葉が聞こえたかのように、にこりとした。

「ありがたく存じます」

初は笑顔で頭を下げた。その仕草に嫁いできたばかりの新妻の艶《つや》めきが匂い立

つようだった。

小一郎はあわてて縁側にあがった。振り返らずに奥に向かったが、背中に初の視線を感じるのが、なぜか心地良かった。

その時は、一瞬の気の迷いだと思っていた。だが、それからも屋敷の中で初を見かけるたびに息苦しくなるような気がした。

廊下ですれ違うとき、袖がふれただけでも何か意味ありげなことのように思えた。弟の妻に邪《よこしま》な思いを抱くなど汚らわしいと思いつつ、それとは別なことなのだ、といつのまにか自分に言っていた。では、何なのか、と自分に問い返しても答えは返ってこないが、不義などではない、と繰り返し、思った。

その年の冬——

寒気がことのほか厳しく、大雪となり城下も珍しいほど雪が積もった。屋敷のまわりもあたり一面、真っ白な雪野原となった。

まだ、雪が降りしきる中、小一郎は家士の堀内権十郎を供に下城して、屋敷近くまで来た。雪は降っていたが、下城のおりだけに傘はささなかった。裃《かみしも》が雪に濡《ぬ》れ、冷たかった。

屋敷の門が近づいたころ、初がどこかに使いに出るのか、傘をさし、風呂敷包みを手に歩いてくるのが目に入った。

薄桃色の着物姿の初は雪景色の中に浮かび上がって美しかった。小一郎に気づいた初は笑顔になって頭を下げ、道の端に寄った。屋敷近くには小川が流れている。雪に埋もれて見えないが、初が立っているあたりは小川のすぐそばで危ないのではないか、と小一郎は思った。

気をつけるように声をかけようとした時、悲鳴があがった。初の足元の雪が崩れた。初は小川にころげ落ちそうになっていた。

「初様」

権十郎が声をあげて駆け寄ろうとしたが、それよりも早く小一郎は動いていた。

小一郎はとっさに足元を確かめながら斜面を滑り落ちようとしていた初を抱きかかえた。初は傘を手放したものの、風呂敷包みは持っており、片手だけで小一郎にすがった。

小一郎は雪の上に腰を落とし、初を抱いて少しずつ引き揚げた。

初は小一郎の肩に手をかけ、胸にすがりついた。

「しっかりいたせ」

小一郎は声をかけてゆっくりと引き揚げようとしたが、初の足元の雪はさらに崩れていく。初は力を込めて小一郎にすがり、熱い息が小一郎の腕にかかった。小一郎は初の背中から腕を回して抱えた。すると、初の胸のあたりが手のひらの下になった。初のやわらかい胸の感触が手のひらから伝わる。それに構わず、小一郎は足を踏ん張って立ち上がりながら、初を引き揚げた。地面に立たせたとき、初はよろめいた。

思わず、小一郎はもう一度、初を抱き留めた。そのとき、小一郎にすがった初の手に力が込められているのを感じた。倒れそうになって、すがっているのではない。

初の方から小一郎を抱いているのだ。

その様を権十郎がじっと見つめていた。

小一郎はさりげなく初から手を放した。初も小一郎から自然に離れ、息をはずませて、

「とんだ粗忽《そこつ》な振る舞いをいたして、お助けいただきました。まことに申し訳ございません」

と言いながら頭を下げた。

見ると、初の着物はすっかり雪で汚れていた。初は着物についた雪をあわてて

払った。その仕草が艶めいているように感じて、小一郎は目をそらせた。

「そのままでは使いには行けまい。帰って着替えたら、どうだ」

小一郎は背を向けて歩き出しながら言った。たったいま、抱きしめた初の体のやわらかさが手に残っていた。

「いえ、どちらにしても雪でございますから、このまま行って参ります」

初が後ろから声をかけてきた。

小一郎は振り向かずにそのまま歩いた。抱きしめたばかりの初とともに屋敷に戻らずにすんでほっとしていた。

後からついてきていた堀内権十郎がぽつりとつぶやいた。

「初様はいつもあのようになされます」

権十郎は何のことを言っているのだろう、と小一郎は訝しく思った。

初が小川に気づかず、道の端に寄るような迂闊《うかつ》なことをいつもしてしまうということなのだろうか。

だが、家士の権十郎が初の日ごろをそこまで知っているとは思えない。ひょっとしたら、初は誰に対しても、あのように体がふれあうようなことをしてしまうのだろうか。

たとえば、権十郎に対しても。そう思った瞬間、小一郎は嫌悪感でいたたまれなくなった。

先ほども自分がいなければ、権十郎が小川に滑り落ちそうな初を抱きかかえて助けただろう。そのとき、権十郎の手は初の体をまさぐったのではないか。

そう思うと、小一郎は胸苦しくなった。権十郎への嫌悪だけではなかった。初は権十郎にそうされても拒まないのではないか。抱きしめられれば体をゆだねてしまうようなところが、初にはある、と思った。

小一郎は不機嫌な表情のまま門をくぐった。権十郎は黙ってついてくる。

その後、小一郎は初にできるだけ近づかないようにした。言葉もかけず、廊下ですれ違っても黙ったままだった。

間もなく父の佐野了禅と藩主安見壱岐守保武の対立が厳しくなり、このままではすまない情勢になってきた。

上意討ちがあるのではないか、と了禅、千右衛門と話し合った。その用心のためなのか、了禅は妻のきぬをはじめ、一家の女たちを白鷺屋敷に移していた。

そのためか了禅はあくまで強気で、

「上意討ちがあれば、屋敷に立て籠り、抗《あらが》うまでじゃ。わしが討たれるのをほかの一門衆は黙って見てはおられまい。わしが切腹を免れずとも殿を藩主の座から引きずり降ろしてやる」

と言い放った。父に性格が似ている千右衛門も、

「武門の意地を見せてやりましょう」

と言い募った。だが、小一郎には、気が重い話だった。

「されど、わが家名だけは何としても残さねば口惜しゅうございますぞ」

小一郎が言うと、了禅は笑った。

「そのことならば、どうやら千右衛門がしてのけたようじゃ。まだ、男か女子かはわからぬが、われらが武門の意地を通そうとしておるときにできた子じゃ。おそらく男子であろう」

小一郎は目を瞠った。

「では、初殿が身籠ったのか」

小一郎の言葉を聞いて、千右衛門は嗤った。

「わたしは初には子は産ませぬ。娶《めと》ってしばらくしてから閨《ねや》をともにしておらぬゆえ、子が生まれるはずもない」

小一郎は息を呑んだ。

「なんと、それはどうしたことだ」

千右衛門は小一郎に憐れむような目を向けた。

「兄上は初という女子がわかってはおられぬ。あれは怖い女子ですぞ。わたしに嫁ぐ前に椎野吉左衛門と言い交わした仲だったのだ。ところが、一門衆であるわたしとの縁談が持ち上がると、あっさり乗り換えたのだ」

「それはまことか」

小一郎は信じられない思いだった。

「初は嫁入りのときに、娘のころの手紙や日々のことを記した日記まで持ってきおった。実家に置いてくればよいものを。さように愚かなことをいたすゆえ、わたしに見られたのだ」

「そうであったか」

「兄上は妙に初のことを気にされるが、なんぞあったのか」

千右衛門はうかがうように小一郎の顔を見た。

「馬鹿な、さようなことがあるはずもない。迂闊なことを申すと許さぬぞ」

小一郎が憤ると、千右衛門は頭を下げた。

「それは、すまなかった。いや、家士の堀内権十郎めの素振りが怪しい。もし、不義密通をいたしておれば、重ねて胴を四つ斬りにいたしてやろうと楽しみにしておったが、なかなか尻尾をつかませぬ。そうこうしているうちにどうやらそれどころではなくなったようだ」

千右衛門は笑い飛ばしたが、小一郎は衝撃を受けていた。

初はそんな女なのか、と思った。だとすると、権十郎と不義を働いているかもしれない。

許せない、と思った。

上意討ちにあって屋敷が炎に包まれ、了禅と千右衛門に続いて腹を切ろうとした時、胸に湧き起こったのもその思いだった。

ふと、上意討ちが始まってから、権十郎の姿が見えないことに気づいた。

（権十郎め、逃げたな）

主人を見捨てて、初のもとに走ったのだ、と思った。千右衛門が、ふたりの不義密通が明らかになれば斬り捨てると言っていたことを思い出した。

不義者は許せぬ、と思った。千右衛門になりかわって、初と権十郎を斬ろう。

小一郎は炎に紛れて屋敷から脱出した。

十二

小一郎が話し終えると、きぬはため息をついた。

「そういうことだったのですか」

芳江がすがるように小一郎に、

「では旦那様は不義者を成敗するために生き残られたのですね」

と言った。

小一郎は強張《こわば》った表情でうなずく。

「わたしは上意討ちの手を逃れて、ようやくこの屋敷に烏天狗の面をつけて忍び込んだ。そして夜中に初に問い質《ただ》したが不義などしていないと言うばかりだった。それで、屋敷の天井裏や床下に忍んで待っていたら、果たして権十郎が現れ、初に不埒《ふらち》な振る舞いをしようとしたゆえ、討ち果たしたのだ」

初が悲しげに笑った。

「わたくしは不義などはいたしておりません。すべては千右衛門様の勘違いから始まったことでございます」

小一郎の目が鋭く光った。

「どういうことだ」

初は小一郎を平然と見返した。

「娘のころは夢のようなことを考えます。たしかに、椎野様との縁組話はありましたが、途中で破談になりました。それだけのことです。それでも椎野様からお手紙はいただいておりましたので、それに書き足したり、あらぬことを日記に書いたりして遊んでいたのです。それなのに、千右衛門様はわたくしに確かめもせず、誤解したまま亡くなってしまわれました」

「権十郎のことはどうなのだ。この白鷺屋敷に佐野家の家士だった者が忍び込むのは命がけだぞ。権十郎は白鷺屋敷に烏天狗が出るという噂《うわさ》を聞きつけて、自ら烏天狗の面をかぶって忍び込んできた。そなたとかねてから通じていなければできないことだ」

小一郎が決めつけると、初は頭を振った。

「さようでございましょうか。わたくしは小一郎様と何事があったわけでもございません。それなのに、烏天狗の面をつけて忍び込み、幾晩もわたくしを見張られたではございませんか」

「不義者を成敗するためだ」

言い募る小一郎を見据えた初は、

「嘘」

とひと言だけ言った。

小一郎が逆上して初に詰め寄ろうとしたとき、きぬが、

「もうおやめなさい」

と声をかけた。小一郎ははっとして立ちすくんだ。

きぬはゆっくりと小一郎の前に立った。

「堀内権十郎は主家を見捨てて逃げた不忠者です。あなたはそれが許せずに生き延びて斬った。それでよいではありませんか。初殿のことなどあなたには無縁です」

「母上」

小一郎はうなだれた。

「あなたには気の迷いがあったのかもしれません。しかし、そのことでひとを責めてもしかたがないのです。自らの気の迷いは自ら始末をつけるしかないのです」

諭すように言われて、小一郎は涙ぐんだ。

「いかにもさようでした。わたしが愚かでした」

「愚かとは思いません。誰しも迷うのです。迷った道を引き返せるかどうかなのです。どう始末をつければよいのか、武士ならばおわかりのはずです」

小一郎は深々とうなずいてから、芳江に近づくと、

「すまなかった」

と詫《わ》びた。芳江は頭を横に振るだけだった。

結を頼むと言い遺《のこ》した小一郎は中庭に下りるとそのまま振り向かずに歩き、闇の中に姿を消した。

芳江が頽《くずお》れて嗚咽《おえつ》した。

初は黙って夜空を見上げるばかりだった。

伊都子は呆然《ぼうぜん》として立ち尽くした。涙があふれて止まらなかった。

——三日後
椎野吉左衛門が白鷺屋敷を訪れた。
きぬと芳江、初を一室に集めて話をした。伊都子も部屋の片隅に控えた。
吉左衛門は咳払《せきばら》いしてから、

「小一郎殿が佐野屋敷の焼け跡で切腹して果てているのが見つかりました。遺書が残されており、主家を見捨てて逃げた不忠者を成敗するため生き延びたが、討ち果たしたゆえ、父と弟の後を追うと認《したた》めてござった。どうやら上意討ちの際、千右衛門殿が逃げたと言った家士は、兄弟だけに背格好が似た小一郎殿と間違えたのですな。それに長男の小一郎殿は父の了禅様と行を共にしたはずという思い込みもあったのでしょう」

吉左衛門は皆を見まわしてから、

「おそらく小一郎殿が討ち果たした不忠者とはこの屋敷で殺された堀内権十郎のことではないかと思いますが、あの一件はすでに初殿が討ったということで処理しておりますので、あらためて詮議はいたしません。小一郎殿も武士としての意地を通されたのですから、一門衆の名をこれ以上、辱めるわけにはまいりませんから」

と告げた。

きぬが頭を下げて、

「ありがたきご配慮を賜り、お礼の申し上げようもございません」

と言うと、芳江と初もそろって頭を下げた。

吉左衛門は苦笑して、

「いや、藩としてもこれで、白鷺屋敷にまつわる、もやもやとしたものが晴れて安堵《あんど》したというのが正直なところです。これで、皆様の処分が決まる日も近かろうかと存じまするぞ」

言いながら、吉左衛門はちらりと初に目を遣った。

きぬはそれに気づいたのか、

「さように仰せになられるということは、わたくしどもは死罪は免れるということでございましょうか」

と訊いた。

吉左衛門はあわてた様子で口を押さえて見せた。

「これは口が滑りました。ご重役方の評定《ひょうじょう》で決まることをそれがしなどが口にできぬことは奥方様ならばよくご存じのはず」

途中で言葉を切った吉左衛門は少し考えてから言い添えた。

「ただし、これはこの屋敷に佐野家の血を伝える子をはらんだ女子がいなければ、ということでござるぞ。殿は佐野様へのお腹立ちをいまだに収めてはおられません。もし、佐野様が血筋を残すための策略めいたことをされていたとわかれば、たとえご重役の評定でどのように決まろうとも、殿のお許しは出ますまい」

　初がさりげなく口を開いた。

「その時は皆、死罪なのですね」

　きぬが表情を変えずに、

「初殿、出過ぎた物言いじゃ。慎みなさい」

　と叱責した。初は頭を下げて、申し訳ございません、と言った。その様子を憮《ぶ》然《ぜん》として見ていた吉左衛門は、伊都子に顔を向けた。

「いかがじゃ。何か変わったことは起きておらぬか」

　吉左衛門に問われて、伊都子は一瞬、戸惑った。ゆりの妊娠のことを告げねばならない立場だった。

　しかし、そのことを口にすれば、白鷺屋敷の女たちの命は無くなるのだ。伊都子がためらっているのを感じて、きぬと芳江、初の表情に緊張が走った。

　伊都子はひと呼吸置いてから、

「何も起きてはおりません」

　と答えた。女たちを包んでいた空気がやわらいだ。

　吉左衛門はうなずいて、

「さようか。これからもそうあって欲しいものだ」

と言うと立ち上がり、辞去していった。

椎野吉左衛門が去った後、伊都子はきぬに部屋に来るように言われた。

部屋に入った伊都子が座るなり、きぬは微笑して、

「なぜ、ゆりが身籠っていることを言われなかったのです。後であなたも罰を受けるかもしれないのですよ」

と言った。伊都子はしばらく黙ってから答えた。

「自分でもよくわかりませんが。わたしも女子ゆえ、はらんだ子は無事に生まれて欲しいという願いがあるのでしょう」

「そうですね。亡くなった夫にとっては何よりも家名が大切だったのでしょうが、女子にとっては、命そのものが大事です。わたくしたちは命を守るために闘わねばならぬようです」

きぬはつぶやくように言ってから、顔を伊都子に向けた。

「先ほど、椎野殿はわたくしたちが死罪を免れるかもしれないと匂わせながら、もし子を身籠っている女子がいれば、そうはならないと言っていかれました。それ

はどういうことだったのでしょうか」

確かめるように問われて、伊都子は自分の考えを口にした。

「椎野様は初様に伝えたかったのではないでしょうか」

きぬは厳しい目になって伊都子を見つめた。

「死罪になりたくなければ身籠った子を産ませるなということでしょうね」

「はい。ですが、ゆりさんは何としても子を守ろうとするでしょうから、産ませないためには」

伊都子はそれ以上は言えなかった。

「母親ともども殺すしかありませんね」

きぬはひややかに言ってのけた。伊都子は何も言えずに口をつぐんだ。

しばらくきぬの部屋にいた伊都子は、話を終えると自室に戻った。すると、隣の部屋で清吾の気配がした。

伊都子と清吾の部屋は離れているが、書きものをするときなどは隣の間の文机《ふづくえ》を使うのだ。

「清吾様」

伊都子が声をかけると、あわてた様子で紙をしまう音が聞こえた。

「よろしいですか」

声をかけて、伊都子が襖《ふすま》を開けると、清吾は文机の前に座っていた。だが、机の上に料紙はなかった。

「書きものをされていたのではなかったのですか」

伊都子が訊くと、清吾は頭を横に振った。

「いや、考え事をしていただけだ」

さようですか、と言いながら伊都子は清吾の懐が膨らんでいるのに気づいた。そして、これは放っておいてはいけない、と思った。

「椎野様は先ほど戻られましたが、清吾様はなぜ椎野様の前に出なかったのでございますか」

伊都子がさりげなく訊くと、清吾は困った顔になった。うむ、と言いながら考えたあげく、観念したように、

「椎野様の前に出ると訊かれるからな」

と言った。

「何を訊かれるというのですか」

やはり、そうなのかと思いつつ、伊都子は問いを重ねた。

「この屋敷で変わったことはないかということをだ」

「たしかにさように訊かれました」

伊都子は清吾を見据えて言った。清吾はうかがうように伊都子を見た。

「何もないかと訊かれてどう答えたのだ」

「何もございません、とだけ申し上げました」

伊都子はきっぱりと言った。

「身籠っている者がいることを言わなければ偽りを申したことになるぞ」

清吾は憤然として言った。

「初様のことでしょうか」

初が身籠ったと口走ったことを清吾も耳にしたのか、と思った。だが、清吾はゆっくりと頭を横に振った。

「いや、ゆりのことだ」

やはり気づいていたのか、と伊都子は唇を噛んだ。清吾は言葉を続ける。

「わたしも医者のはしくれなのだから、それぐらいのことはわかる。このことを黙っていれば、わたしたちもどのような罰を受けるかわからない。下手をするとこの屋敷の女子たちに連座して死罪になるかもしれぬぞ」

清吾は身を乗り出して言った。

伊都子は何と言っていいのかわからなかった。清吾は念を押すように、

「わたしは巻き添えを食うのは御免だ。それゆえ、椎野様に訴えることにした」

そう言いながら、清吾は懐から書状を文机の上に取り出した。ゆりが身籠っていることを吉左衛門に報せる書状なのだ。

伊都子はとっさに書状を取り上げた。

「何をする」

清吾は伊都子につかみかかって書状を取り戻そうとした。伊都子は声を高くして言った。

「わたしたちは医者です。ひとの命を守るのが、務めのはずです」

清吾は荒々しく書状を奪い取って立ち上がり、倒れた伊都子を見下ろした。

「医者が患者を守るのは病からだ。罪人を守るわけではない」

そう言い放った瞬間、清吾は口元を押さえた。

ううっ、とうめく。

どうしたのか、と伊都子が見上げていると、口を押さえた清吾の手の指の間か

ら、たらたらっと血が流れた。

清吾様

伊都子が立ち上がると、清吾は前のめりに倒れた。吐血していた。胸を激しくかきむしっていたが、不意に動きが止んだ。

清吾の顔は蒼白《そうはく》になっていた。

伊都子は清吾にすがって、呼吸をしているか確かめた。

絶命していた。

伊都子は悲鳴をあげた。

十三

伊都子の悲鳴を聞いて部屋に駆けつけたのは、女中の春とそのだった。ふたりは倒れている清吾を見て立ちすくんだ。

伊都子はよろめきながら腰を上げて、

「急な病で、倒れられました」

とかすれた声で言った。

清吾は毒を盛られたに違いない、と思っていたが、そのことを口にするのが怖かった。もし、この屋敷の誰かが毒を盛ったのだ、とすれば、清吾だけでなく、自分も狙われているのかもしれない。

かつて伊都子は清吾に憧れに似た気持ちを抱いていた。

だが、白鷺屋敷に来てからの清吾は伊都子が思っていたような男ではなかった。小心でおのれの損得に関心があり、情が薄く感じられた。わずかな間だけで清吾を見てしまったと思うのは早計に過ぎるかもしれないが、心持ちはそんな慮《おもんぱか》りとは別なところにあって、醒《さ》めていた。

「では、お医者を呼びましょうか」

春が震えながら言った。伊都子はうなずいた。

「医者とお役人を呼んでください」

すでに清吾が絶命しているのはわかっていたが、別な医者に診てもらわねばならない、さらに役人にすぐさま検屍《けんし》をしてもらうべきだろう、と伊都子は思った。

そのがあわてて表へ向かった。春はそのが出ていくと跪《ひざまず》いて、

「この間、台所で猫が死んだのと同じ附子《ぶし》の毒なのでしょうか」

と囁《ささや》いた。春はすでに清吾が死んでいると察しているのだ。しかも、毒殺だと

まで口にした。

伊都子は驚いて春の顔を見つめた。

「なぜ、そんなことを言うのですか」

「先ほど、戸川様は台所で水甕《みずがめ》の水を柄杓《ひしゃく》で飲んでおられました。何をしておられるのですか、とお聞きしましたところ、毒消しを飲んだのだ、と言われました」

「毒消しですって」

「はい、戸川様はこの屋敷には自分に毒を盛ろうとしている者がいる。この間、猫に毒を飲ませた者だ。しかし、その手はくわない、と笑っておられました」

清吾はどうして毒消しなど飲んでいたのだろう、と伊都子は思った。

毒消し丸の処方は隠元豆、硫黄、菊名石《きくめいせき》、天花粉、甘草、澱粉《でんぷん》などを丸めたものが多いが、附子の毒には無論、効かない。もし、清吾が毒消しの薬を飲んだとすれば、別な毒のためだろう。

そう思ってあらためて清吾を見つめると、このままにはしておけない、と思った。たとえ毒で死んだにしろ、倒れたままの姿ではあまりに哀れだ。

「手伝ってください」

伊都子は春に言うと、清吾に近づいた。遺骸を動かすのだ、と気づいて春はぎよっとしたが、やむなく伊都子に言われるまま清吾の体に手をかけた。ふたりがかりでようやく体を仰向《あおむ》けにしたとき、清吾の懐から、何かがすべり落ちた。贅沢《ぜいたく》な黒漆塗りで紅葉の模様が彫られた櫛《くし》だった。

春が手にし、首をかしげて、

「初様の櫛でございますね」

と言った。

「初様の」

伊都子は眉をひそめた。

「はい、高価な櫛ですから、めったにされませんが、時折りされるのを見たことがございます。初様が何となく心がはなやいだときにされているような気がいたしました。なぜ戸川様が初様の櫛をお持ちなのでしょうか」

春は訝《いぶか》しげに言った。

伊都子は答えなかったが、なぜ清吾が初の櫛を持っていたのか、という疑念が同じように胸に湧いていた。

初はまわりの男をいつのまにか虜《とりこ》にして操る女のようだ。清吾もまた初に魅《ひ》かれ、知らず知らずのうちに小一郎や堀内権十郎のように思いがけないことをするようになっていたのではないか。

そして清吾はゆりが身籠っていることを椎野吉左衛門に伝えようとしていた。自らが罪に問われるのを避けるためだったのだろうが、それだけではないかもしれない。

吉左衛門は白鷺屋敷の女たちがこのまま何事もなければ、死罪にはならない、と言った。しかし、そうなるためにはゆりが身籠っていることを闇の中へ葬らねばならない。

清吾はそのために吉左衛門に報《しら》せようとしたのかもしれない。吉左衛門は清吾の訴えでゆりの妊娠を知れば、屋敷にやってきて、ひそかにゆりを連れ出して始末したのではないか。

きぬや芳江、初ら佐野家の女たちにそんな乱暴はできないが、女中のゆりならば、まわりに口止めをすれば何とでもなるだろう。吉左衛門があえて「死罪にはならない」と告げたのは、そのために手を打てと初に謎をかけたのだろう。

初はそれを察して清吾を動かし、吉左衛門に訴え出させようとしたのかもしれない。だが、清吾が死んでしまえば、その企《たく》みはとん挫したことになる。

そこまで考えて伊都子ははっとした。

清吾が手にしていた書状が畳の上に落ちている。伊都子は急いで書状を手に取って懐にした。

春が怪訝《けげん》そうに伊都子を見つめた。

「それは何なのでございますか」

「何でもありません」

伊都子は思わず、声を高くして言った。

春は口を閉ざしたが、それでも伊都子の懐のあたりをうかがうように見ていた。

伊都子は目を伏せて、この書状をどうしたらよいのか、と考えた。

役人がやってきた時、このまま懐にしていれば見つかるかもしれない。かと言って、破り捨てるのは、清吾がしようとしたことを葬り去るだけに恐ろしかった。

(きぬ様にお渡しするしかない)

伊都子は、立ち上がって、

「きぬ様にこのことをお報せしてきます」

と言った。春は気味悪そうに、

「わたしがここにひとりでいるのですか。恐ろしゅうございます」

と訴えた。

ゆりさんに来てもらいましょうか、と言いかけて伊都子は思いとどまった。子を宿しているゆりに遺骸は見せられない。

どうしたものか、と戸惑っていると、

「わたくしがついていてあげますよ」

と初の声がした。

驚いて振り向くと、初が縁側に立って部屋をのぞいていた。

清吾の遺骸が見えているはずなのに、初には驚いた様子はなかった。ひややかな表情のまま、

「義母上《ははうえ》様に急いで伝えてください。早くお知りになりたいでしょうから」

と言った。

伊都子は、お願いいたします、と言って部屋を出ていきながら、初が言った、きぬが早く知りたいだろう、とはどういう意味なのだろうかと思った。それとともに、初はいつから縁側にいたのだろうか、と気になった。

ひょっとすると、清吾の書状を懐にするのを見られたかもしれない。もし、役人が来た時にそのことを告げられたとしたら、と考えた。

きぬの部屋に向かいながら、書状をきぬに預ければ迷惑をかけることになると

思った。清吾の死に方が尋常なものではないだけに、疑いをかけられればどんなことになるかわからない。

そのとき、ちょうど初の部屋の前を通りかかった。障子が開いていて、中が見えた。振り向くと初の姿は見えない。すでに清吾の遺骸の傍《そば》に行ったのだろう。

伊都子はとっさに初の部屋に入ると長押《なげし》に書状を入れた。素早く縁側に戻り、あたりをうかがってから、きぬの部屋に向かった。

動悸《どうき》がはげしくなり、息苦しいほどだった。だが、とっさに書状を初の部屋に隠したことは後悔していなかった。

何があったのかわからないが、清吾が死にいたったことに初が関わっているはずだ、という直感がしていた。それならば、清吾の書状の後始末も初につけさせればよい、という思いがあった。

きぬの部屋の前に来て跪き、

「伊都子でございます」

と告げた。

「お入りなさい」

いつもと変わらぬやわらかな返事が聞こえて、伊都子は障子を開けた。

部屋の中には芳江と結がいた。

ふたりの前で清吾が死んだことを話してよいものか、と伊都子は迷った。しかし、きぬがすぐに、

「戸川清吾殿に変事があったようですね」

と言った。伊都子は驚いた。

「ご存じでしたか」

「そのがお医者と役人を呼びに走る前に芳江殿に報せたのです。芳江殿は何かまた恐ろしいことが起きたようだ、と言って結を連れて、わたくしのもとに来ていました」

きぬは淡々と言った。

「さようでございましたか」

伊都子は芳江に頭を下げてから、

「そのさんに医師を呼びに行かせましたが、戸川様はすでに絶命されております。お役人がくれば、すぐにお取り調べが始まることになるかと思います」

と告げた。きぬは落ち着いた表情で訊《き》く。

「戸川殿はどうして亡くなられたのですか」

「毒だと思います。わたしと話をされていて、突然、苦しみ出されました。そしてたちまち息が絶えました」

伊都子が話すと、きぬは少し首をかしげて訊いた。

「なぜ、毒だとわかるのです。急な病だったかもしれないではありませんか」

「たしかにそうかもしれませんが、倒れられた時の様子は尋常ではございませんでした。それに春さんの話では戸川様は台所で毒消しの薬を飲まれていたそうです。何かそのようなことがあったのかもしれません」

伊都子の話を聞いて、芳江が深いため息をついた。

「この屋敷に来た男は次々に死んでいきます。堀内権十郎から旦那様、そして戸川清吾殿まで。この白鷺屋敷は呪われているとしか思えません」

きぬはちらりと芳江を見てから、伊都子に顔を向けた。

「わたくしは呪いなどは信じませんが、それでもひとが相次いで死ぬのはただ事ではないと思います。伊都子殿は戸川殿と亡くなる前に何を話されていたのですか」

「それは」

伊都子は言ったものか、どうかとためらったが、もはや、誤魔化してもいられ

ないと思って、

「ゆりさんのことを話していました」

と告げた。きぬは、そうですか、と言ってから、結に、

「おとなの大切な話があります。少しの間、外に出ていなさい」

と言った。結が素直に出て行くと、きぬは芳江に顔を向けた。

「芳江殿にも話しておかねばならないと思っていました。実は女中のゆりが千右衛門の子を身籠っているのです」

きぬの言葉を聞いて芳江は眉ひとつ動かさなかった。

「存じておりました」

きぬは目を細めて芳江を見つめた。

「知っていたのですか」

「わたくしも結を産んだ母親でございますから、女子《おなご》が身籠った時の様子はわかります。ひょっとして旦那様の子ではないか、と一度は思いましたが、初殿が身籠っているなどと言い出したので、千右衛門殿の子なのだ、とわかりました」

きぬは苦笑した。

「初殿の嘘《うそ》も見抜いていたのですね」

「はい、あのひとは女中のゆりに負けたのです。いい気味だと思っておりました」

芳江は、冷酷な笑みを浮かべた。

伊都子は背筋につめたいものが走るのを感じた。

十四

医師と役人がやってきたのは、間もなくのことだった。

医師は伊都子や春とそのがいる前で清吾の遺骸をあらためて、

「もはや、絶命いたしております」

と告げた。病なのか毒害なのかについては何も言わない。役人が、死因は何だと訊いても首をひねるばかりだった。

役人は苛《いらだ》立って、清吾の懐などをあらためた。その時になって伊都子は初の櫛が消えていることに気づいた。

春に目を向けると、わずかに口を開いて、声は発しないで、
初様が
と伝えた。

伊都子は初がなぜ部屋に来て清吾の遺骸の傍に付き添ったのかがわかった。

（櫛が清吾様のもとにあっては、都合が悪いから取り戻しにきたのだ）

伊都子がいなくなった間に櫛を取り戻し、春に口止めをしたのだろう。それだけに、初が清吾の死について何かを知っているのは間違いない、と思った。

だが、ゆりの懐妊を吉左衛門に知らせようとしていた清吾を初が殺すとは思えない。もし、清吾を毒で殺した者がいるとすれば、ゆりが身籠っていることを藩に知られたくない誰かだ。

そう考えた時、ふと、春が話した、清吾が毒消しの薬を飲んでいたという話は本当だろうかと思った。

附子の毒に効く毒消しなどないことを医者である清吾が知らないわけはない。おかしなことだ、と思っていた。

そこまで考えた時、伊都子は、この屋敷の中でゆりを最も守ろうとしているのは女中仲間の春とそのではないかと気づいた。台所で猫が毒によって死んだとき、春とそのはゆりが狙われている、と感じただろう。

ふたりは日ごろから恐れている初がゆりを憎み、殺そうとしていると考えたのではないだろうか。もし、そうだとすると、春とそのは初や、初に操られている清吾の動きを注意深く見ていたに違いない。

毒薬をどうやって手に入れたのかはわからないが、女中だけに屋敷の部屋に出入りすることは誰にも見咎《みとが》められることはない。

そして、清吾がゆりのことを椎野吉左衛門に報せようとしているのを察知して毒を食事か茶、あるいは台所で飲み水に投じたとしたらどうだろう。

清吾が倒れたときに、春とそのがすぐに駆けつけたのも、こう考えてみれば辻《つじ》褄《つま》があうではないか。

さらに初もまた、女中たちの動きに気づいていたから、すぐに清吾が倒れた部屋に来て、自分と清吾の関わりを示す櫛を持ち去ったのだ。

春は自分たちがしたことを初に知られたと思ったからこそ、おとなしく櫛を渡したに違いない。

そこまで考えて伊都子は体が震えた。

白鷺屋敷は女たちの憎悪が渦巻いている。一歩間違えれば、いつ自分が狙われるかもしれない、という気がした。

役人は医者の話では何もわからないことにうんざりした様子で、伊都子に顔を向けた。

「どうだ。そなたが、戸川殿が亡くなったとき、一番、傍にいたのだろう。なぜ死んだかについて心当たりはないか」

役人に訊かれて、伊都子は息が詰まる思いで、

「戸川様は心《しん》ノ臓《ぞう》の病で亡くなられたのかもしれません」

と言った。

「なるほど、さようか」

役人は安心したように、うなずいた。

この日、役人は清吾の遺骸を運ばせた後、

「いずれ椎野様からお調べがあるだろう」

と言い残して帰っていった。

伊都子はほっとしてきぬの部屋に行った。

きぬは釜前に座って茶を点《た》てていた。

伊都子が前に座ると、きぬは赤楽茶碗《らくぢゃわん》を伊都子の膝前に置いた。

「いかがでした」

きぬは微笑して言った。

「急な病だったのかもしれない、と申しましたら、それを信用なさったのか引き

揚げていかれました」

きぬは自分のためにも茶を点てながら、

「ですが、伊都子殿は急病で戸川殿が亡くなったのではない、と思っておられるのですね」

伊都子は茶碗を口に運んでから、はい、と答えた。

「では、だれが毒を盛ったとお思いですか」

「女中の春さんとそのさんではないかという気がしております」

伊都子があっさり言うと、きぬは、ほほ、と笑った。

「女中たちが毒を盛るのであれば、この白鷺屋敷の者はいつでも簡単に殺されてしまいますね」

「ですが、春さんとそのさんは初様からゆりさんを守りたいと思っているのではないかと思います」

「そうですね、ゆりをとは言いませんが、ゆりが産む子を守ってやりたいと思っているのはわたくしも同じです」

「だとすると、悪いのは、やはり初様だということになるのでしょうか」

伊都子はため息をついた。

きぬは茶を喫した。

「そうとは限りません。悪いのはやはり、佐野家の男たちだとわたくしは思っていますよ」

貞淑な武家の奥方であるきぬの言葉とは思えず、目を瞠《みは》った。

「さように思われているのでございますか」

「わたくしの夫、佐野了禅は人柄が傲慢《ごうまん》に過ぎて殿と争いを繰り返し、あげくの果てに上意討ちにあいました。なるほど、殿のなされることを耐えるのは誇り高い殿御には難しいことであったかもしれませんが、それでも一家を滅亡させるよりは、ましだ、という思いが無かったのは武家として不心得だったように思います。さらに小一郎も千右衛門もおのれの思いだけで動き、一家の女たちの行く末も考えませんでした。未熟というしかないでしょう」

きぬの辛辣《しんらつ》な言葉を伊都子は息が詰まる思いで聞いた。きぬは目を閉じて話を継いだ。

「白鷺屋敷にいる女たちは、そのような殿方の尻ぬぐいをさせられているのです。戦で言うならば殿戦《しんがりいくさ》を務めているということになります」

「殿戦でございますか」

痛ましい思いで伊都子は口をはさんだ。きぬが背負っているものは、武門の女子として当然のものなのかもしれないが、やはり、重く、酷《むご》いものに思えた。

「そうです。わたくしたちは負け戦の後、わが家の血を伝える者を守って落ちのびようとしているのです。何としても結とゆりのお腹《なか》の子を守って生き抜かなければならないと覚悟しています」

言い終えたきぬに向かって伊都子は膝をにじらせた。

清吾の書状のことについてきぬに伝えておかなければ、と思った。

「実は、まだ、申し上げていなかったことがございます」

伊都子が話し始めると、きぬは静かに耳を傾けた。そして、書状を初の部屋の長押に隠したと言うと、きぬはにこりとした。

「なるほど、それは初殿も気が付かない隠し場所ですね」

満足げにうなずいたきぬは、もう一服、点てましょう、と言って釜に向かった。

伊都子はきぬの点前《てまえ》を静かに見守った。

——翌日
椎野吉左衛門が下役を引き連れてやってきた。吉左衛門は女中たちを含めて、屋敷の女たちをすべて広間に集めた。

眉間《みけん》に皺《しわ》を寄せた吉左衛門は難しい顔で、

「戸川清吾は急な病で死んだということで処理した。だが、わたしはさような猿芝居を信じているわけではないぞ。この屋敷では何かが起きている。そのためにひとが次々に死んでいくのだ。わたしは先日、皆が死罪にはならぬのではないか、と言ったがそれも怪しくなってきた」

と言った。きぬが落ち着いた顔で、

「恐れ入ります」

と言って頭を下げた。

吉左衛門は苦い顔で、

「きぬ様、あなたは何もかもご存じなのではないか。それを話されてはどうか、そうすれば咎《とが》めを受ける者がおるかもしれぬが、助かる者も出てくるぞ」

少し考えてからきぬは微笑した。

「この屋敷の者は一蓮托生《いちれんたくしょう》かと存じます」

あっさりときぬが言うと芳江が口を開いた。

「わたくしは嫌でございます」

押し殺したような芳江の言葉を聞いて、吉左衛門は興味深げな顔になった。

「ほう、やっと、この屋敷でも本音を話そうという者が現れたようだな」

きぬは眉をひそめたが、何も言わない。芳江は膝を乗り出して話し始めた。

「この屋敷でひとが死んでいくのは、初殿がいるからです。すべては初殿のせいだとわたくしは思っております」

初が身じろぎした。

「わたくしのせいでございますか」

悲しげな声で初は言った。

芳江はきっとなって初をにらんだ。

「わたくしの旦那様が上意討ちから生き延びてこの屋敷に現れたのは、あなたのせいです。逃げ口上は許しませんよ」

「とは、申されましても、身に覚えがないことです。小一郎様が勝手に」

初はかすかに笑みを浮かべた。

吉左衛門は咳払《せきばら》いをした。

「小一郎殿のことは決着がついておる。上意討ちにあった主人を見捨てた不忠者の堀内権十郎を討つために生き延びたというだけのことだ。すでに小一郎殿が切腹いたしたからには、もはや、このことの詮議は無用だ」

　芳江は吉左衛門に顔を向けた。

「さように仰せになりますが、されば、亡くなった戸川清吾殿のことはどうなりましょうか」

「戸川がどうしたのだ」

　吉左衛門の目が鋭くなった。

「戸川殿は初殿の櫛を持っていたそうでございます。男が女人の櫛を隠し持つなど当たり前のことではございません。どうぞ、お調べを願います」

　吉左衛門は不快げに表情を曇らせた。

「それは異なことを聞く。初殿、まことか」

　初は一瞬、憤りの表情を浮かべたがすぐに平静に戻り、

「何を言われているのか、よくわかりませんが、たしかに戸川殿が倒れているそばにわたくしの櫛が落ちておりました。どこかで落としたものを戸川殿が持っていたのだと思います。それゆえ、持ち帰りましたが、そのことがいけなかったのでございましょうか」

　初が澄んだ声で言い切ったとき、部屋の隅にいた春が声を発した。

「初様がおっしゃっていることは嘘でございます。あのとき、櫛はわたしが持っておりました。部屋に入ってこられた初様は何かを探されているご様子でした。見つからなかったので、最後にわたしに櫛はないか、とお尋ねになったのです」

初は目を閉じて、

「よけいなことを」

とつぶやいた。

春はなおも、言い募った。

「わたしがこれでしょうか、と櫛をお見せしたら、初様はすぐに手に取られて、このことは他言するな、と言われたのです」

吉左衛門はじろりと春をにらんだ。

「主人から他言無用と言われたことをひとに漏らしたのか」

春は手を畳につかえた。

「わたしたちは佐野家に仕えております。ですから主筋《しゅうすじ》とは大奥様と若奥様かと存じます。初様はいずれ分家になられる方だと思います。それゆえ若奥様にすべてをお話し申しました」

春の説明は筋が通っているだけに、吉左衛門もそれ以上のことは言えなかった。

するときぬが言葉を挟んだ。

「椎野殿にはお聞き苦しかろうかと存じますが、何分にも女子ばかりの屋敷にて、様々に疑心暗鬼を生ずるところがございます。仮に戸川殿が初殿の櫛を持っていたとしても、ただそれだけのことでございます。お聞き流しくだされればありがたく存じます」

だが、芳江はきぬの言葉があっても退かなかった。

「義母上様はさように申されますが、初殿が嫁して以来、わが家は落ち着きませず、義父上《ちちうえ》もあのようなご最期を遂げられました。すべての元凶は初殿にあるとわたくしは思っているのです」

芳江が甲高い声で言うと、初は薄く笑った。

「八つ当たりですこと」

初の言葉を聞いて芳江の形相が変わった。

「何といったのです」

「八つ当たりと申しました。小一郎様がわたくしへの思いを抱かれて亡くなられたゆえ、わたくしが憎くてたまらないのでしょうが、何度も申しましたように、わたくしは与《あずか》り知らぬことでした。それゆえ、八つ当たりと申しました」

芳江は帯の懐剣に手をかけて立ち上がった。

「雑言、許さぬ」

芳江が初に詰め寄ろうとしたとき、吉左衛門が一喝した。

「鎮《しず》まれ、ただいまわたしが詮議をいたしておるのだ。それを邪魔いたすとは無礼であろう」

吉左衛門に怒鳴られて芳江は悔しげに座った。その様を横目に見て、初は吉左衛門に顔を向けて手をつかえた。

「申し上げたいことがございますが、よろしゅうございますか」

「何じゃ、申せ」

吉左衛門は疲れた表情で言った。

「身に覚えのない櫛のことなどをいわれましたので、申し上げますが、戸川清吾殿が亡くなられたおり、わたくしの部屋の長押に書状を隠した者がおります」

初の言葉を聞いて、伊都子は愕然《がくぜん》とした。長押に隠した書状に初が気づくことはないだろうと思っていた。だが、いつの間にか初は見つけていたのだ。

「書状とは何が書かれたものだ」

吉左衛門が目を光らせて訊いた。

「怪しいものゆえ、わたくしはまだ中身を確かめておりません。どうかお調べください」

初は頭を下げた。

吉左衛門は下役に向かって、長押に書状があるかどうか、確かめて参れ、と命じた。下役は初の部屋がどこかを春に訊いたうえで、部屋を出ていった。

間もなく戻ってきた下役は書状を手にしていた。

これで、ゆりが身籠っていることが明らかになってしまう、と思った伊都子は地の底に落ちていくような心持ちを味わった。

きぬは目を閉じたまま微動だにしない。

吉左衛門は下役から手渡された書状を手にしてゆっくりと開くと目を通していった。そして、憤怒の表情で、

「なんだこれは」

と言い放つなり、書状を皆の前に投げ出した。

書状は何も書かれていない白紙だった。

「そんな」

初は蒼白《そうはく》になって書状を見つめた。

十五

「どういうことか話してもらわねばなりませんぞ」

吉左衛門は厳しい表情で言った。

初はこわばった表情でぽつりと言った。

「罠《わな》にかけられたのでございます」

「なんと、聞き捨てならぬことを言われる。誰が、どのような罠を仕掛けたと言われるのか」

吉左衛門は容赦なく問うた。

「わたくしを罠にかけたのは、義姉上《あねうえ》様でございます」

初は悔しげに言った。

「わたくしが何をしたというのですか。あなたはさような嘘までついて、わたくしを苦しめたいのですか」

芳江が激昂《げきこう》して膝を乗り出した。

初は振り向いて、芳江にひややかな視線を向けた。

「義姉上様をおとしめようなどとは思っておりません。わたくしはありのままを申し上げているのです。なぜなら、わたくしの部屋の長押に書状が隠されていることを教えてくれたのは、結殿だからです。結殿にさようなことをさせたのは母である義姉上様しかいないではありませんか」

初にきっぱりと言われて芳江は息を呑《の》んだ。

「まさか、さようなことが」

芳江はうろたえた様子でつぶやいた。

吉左衛門は目を鋭くして、

「結殿はいずこにおられるのだ。ここに呼べ、わたしが直《じか》に話を聞こう」

と言った。すると、きぬが片手をついて口を開いた。

「お待ちください。年端もいかぬ娘をかような場に呼んでなんとなさいます。初殿が言われた通り、結が長押に書状が入れられたと告げたにしましても、ご覧の通り、ただの白紙ではございませんか。白紙によって罠に落とすなどできようはずもありません。初はいささか、疑心暗鬼になっているようです。白紙で罠にはめるなど、どうしてできましょうか。誰かのいたずらであったにしても埒《らち》のないことでございます。これ以上の詮議は無用ではございませんか」

きぬの言葉を遮るように、初は言った。

「さようなことはございません。あの書状は戸川清吾殿が書かれたものでした。そして」

書状の中身を告げようとして初ははっとして口ごもった。吉左衛門はにらみつけるようにして、

「初殿は先ほど、書状の中身は見ていないと言われたな。あれは虚言であったのか」

と糾《ただ》した。

初は困惑した様子でうつむいた。

その様を見て、初は実際に書状の中身を見たのだ、と伊都子は察した。だが、ゆりが身籠っていると告げる内容だけに、初は何も知らなかったことにして、吉左衛門に書状を読ませようと思ったのだ。

清吾の書状によってゆりが身籠っていることが明らかになれば白鷺屋敷の女たちはゆりをかばっていたと疑われるだろう。

その疑いから逃れるために、書状の内容を知らないと言ったのだろうが、そのことが裏目に出たのだ。

それにしても、清吾の書状を白紙にすり替えたのは誰なのだろう。結が初に告げたのが、真だとしても、結の背丈では長押に手が届かない。

芳江が書状を長押から取って白紙を入れたのだろうか。初を憎んでいる芳江ならやりかねないことだ。

しかし、芳江が初の部屋に出入りするのをひとに見られれば怪しまれるのは目に見えている。しかも、先ほど白紙が出てきたとき、芳江の表情にも驚きがあった。それに、芳江は結ともども、この屋敷を出て助かりたいと思っているようだ。

ゆりが身籠ったことを役人に告げようとはしていないが、かばい立てしようという気もないのではないか。

この屋敷の中でゆりを、いやゆりが産む子を守らねばならない、と思って親身になって心配しているのは女中の春とそのだろう。

だが、長押に書状を入れたとき、伊都子はまわりをたしかめた。春とそのがいれば気づいたはずだ。

もし、ふたりのうち、どちらかが伊都子がしたことに気づいて長押の書状を見付けたとしたら、ひそかに破り捨てるだけではないだろうか。

なぜ、白紙を入れておいたのだろう。

そこまで考えて、これは吉左衛門が初に疑いを抱くように仕掛けられた巧妙な罠なのだ、と伊都子は気づいた。

春やそのならば、このような罠は仕掛けず、櫛のことを暴いたように直に責めるのではないだろうか。そこまで考えたとき、結に書状が隠されていると初に告げさせたのはきぬではないかと考えをめぐらせた。

きぬには長押に書状を隠したことを話した。きぬはひそかに初の部屋に入って白紙と取り換えたのではないか。そのうえで結に長押に書状が隠されていることを告げさせたのかもしれない。

考えるにつれ、そうに違いないと伊都子には思えてきた。

吉左衛門はしばらく初を見つめて考えていたが、

「所詮、白紙が出たというだけのことだ。これ以上の詮議はきぬ様が言われる通り無駄というものだな」

と自分に言い聞かせるように言った。

きぬは頭を下げて応じた。

「恐れ入ります」

初は悔しそうに口を閉ざしている。吉左衛門は大きく吐息をついてから、

「戸川清吾の死は不審である。あらためて詮議をいたすことになるやも知れんぞ。そのときになって、後悔したくなければ、いま話しておくほうが賢明だぞ」

と告げた。

だが、女たちは沈黙を守って何も言おうとはしない。

「どうやら、わたしの手には負えそうにないな」

吉左衛門は苦笑して言った。きぬが穏やかな口調で異を唱えた。

「滅相もないことでございます。皆、話したくとも何も知らないのでございます」

吉左衛門はあらためて皆を見まわすと、

「いずれにしても、この屋敷では奇怪なことが多すぎる。ご重役方がいかに思《おぼ》し召《め》されるかわからんぞ。あるいは面倒と思われたら、根から断とうとされるかもしれん。それがどのようなことか、よく考えておくがよい」

吉左衛門は脅すように言ってから立ち上がった。

吉左衛門が去ると、伊都子はきぬの部屋に行った。

「あの白紙はきぬ様なのでございましょう」

きぬは微笑《ほほえ》んで答える。

「初がどうするかたしかめようと思いましたが、やはり案の定でしたね。あのひとは自分だけが助かるつもりのようです」

伊都子はため息をついた。

「しかし、ゆりさんが身籠っていることはいずれは明らかになってしまいます。そのときにどうしたらよいのでしょうか」

「そのことであなたに頼みがあるのです」

きぬはあたりをうかがってから言った。

「どのようなことでしょうか」

「ゆりが身籠っていることがわかっても、助かる方法は、生まれてくる子の父親が千右衛門ではなく、ゆりの村の男だということにすることです。上意討ちがある前は屋敷にいろいろな者が来ていましたし、ゆりも村に戻ったことはありました。無理な話ではないと思います。村の男の子を身籠ったということにして、この屋敷から出すのです。それしか、ゆりとお腹の子を守る方法はありません」

きぬは淡々と言った。

「ですが、わたしが言ってもゆりさんが承知してくれるでしょうか」

伊都子は首をかしげた。

「あなたでなければできないのです。わたくしたちが言えば、ゆりは生まれてくる子の父親が千右衛門ではないことにされてしまう、と疑心暗鬼に駆られるでしょう。特に初はゆりが産む子は千右衛門の子ではないことにしてしまいたいでしょうからね」

言われてみれば、その通りだ、と伊都子は思った。

そしてもし、ゆりの子の父親が千右衛門ではない、とするならば春やそのとも口裏を合わせなければならない。

「わかりました。わたしからゆりさんに話してみましょう」

伊都子が言うと、きぬは言葉を継いだ。

「ゆりには、お腹の子が千右衛門の子に紛れもないことはわたくしが証立《あかしだ》てる手を打っておきますから心配しないようにと言ってください」

伊都子はうなずいて部屋を出た。

ゆりがいる女中部屋に向かおうとしたとき、初とすれ違った。初は立ち止まって、伊都子をひややかに見つめた。

「あなたは藩から遣わされた医者だというのに、いまではすっかりきぬ様の言いなりに使われているようですけれど、それでよろしいのでしょうか」

伊都子はどきりとしたが、

「わたしはきぬ様に使われているわけではなく、医者として皆様にできることをしているだけでございます」

初は薄い笑いを浮かべて、

「嘘も方便」

と言って、通り過ぎた。

初の言葉は伊都子の胸に重くのしかかった。

初はまわりの男をいつの間にか狂わせるが、きぬもまた周囲の者を巧みに操ることができるのではないだろうか。

本当に自分は正しいと思ったことができているのだろうか。むしろ、わが身かわいさのあまり、思いもしなかったことをやろうとしているのではないだろうか。

そんなことを思いつつ、伊都子は女中部屋の前に立った。中から女たちがひそひそと話す声が聞こえてくる。

「ゆりさん、話があるのですが」

伊都子が声をかけると、話し声がぴたりと止まった。

十六

この日、吉左衛門は城に戻ると、家老の辻将監に白鷺屋敷の件を報告した。医者として遣わした戸川清吾が不審な死に方をした、という話になると、

「よくひとが死ぬ屋敷だな」

と将監はつぶやいた。

吉左衛門は苦い顔をした。

「まことにさようでございます」

上意討ちにあった佐野了禅の家族の女たちがいるというだけの屋敷でなぜ、ひとが死ぬのかとあらためて思った。

将監はじろりと吉左衛門をにらんだ。

「どうした。もはや、手に負えぬと顔に書いてあるぞ」

「さようでございますか」

吉左衛門は顔をつるりとなでた。

「どうやら、そろそろ見切り時だな。白鷺屋敷の女どもはことごとく自害させる、

と殿に申し上げよう」

将監は非情な口ぶりで言い切った。

吉左衛門はどきりとした。女たちをことごとく自害させるということになれば、初も死なねばならない。

それが、ひどく哀れなことのように吉左衛門には思えた。しかし、家老である将監が言い出したからには、反論はできない。

「さようでございますな」

不承不承、吉左衛門がうなずくと、将監はにやりと笑った。

「どうした。あの屋敷に殺したくない女がいるのか」

「いいえ、決してさようなわけではございません」

吉左衛門は額に汗を浮かべた。

こんなことにならないように、戸川清吾を送り込み、場合によっては身籠った女を始末させようとしたのだ。しかし、そう考えたときに、清吾はいわば、返り討ちにあったのではないかという考えが浮かんだ。

「ご家老様、どうやら、あの屋敷にいる女たちはしたたかなようでございます。あるいは佐野了禅よりもしたたかなのではありますまいか」

「だからどうだ、と言うのだ」

　将監は皮肉な目で吉左衛門を見た。

「なまじ自害させようとすれば、親戚筋に泣きついてどのような騒ぎになるかわかりません。そこで、蘭方医の戸川に毒を使わせようかと思いましたが、これもしくじりました。それならば、残るのはひそかに殺すことかと存じます」

「あの屋敷に誰ぞ忍び込ませて殺させるというのか。それは難しかろう。気づかれて騒がれれば自害を申しつけるどころの話ではなくなるぞ」

　将監は頭を横に振った。

「ですから、中から手引きをさせるのでございます」

「手引きだと？」

「はい、あの屋敷の女たちは顔を合わせれば謗《そし》り合っております。決して皆で守り合っているわけではないのでござる。それゆえ、最も、生き延びたがっている者を手先として、ひとりずつ殺せばよろしいかと」

「ほう、それで、手引きをした女子はどうするのだ」

　将監は底意地の悪い口振りで言った。

　吉左衛門は咳払いしてから答える。

「役に立ったのであれば、お目こぼしされてもよろしいのではありますまいか」

なるほどな、と考え込んだ将監はしばらくして、

「よかろう。おぬしにまかせよう。手引きする女だけを残して、ほかの者は殺せ。そのうえで白鷺屋敷には火を放ち、証拠が残らぬようにいたせ」

と言った。

吉左衛門は膝を叩いた。

「おお、それでは、白鷺屋敷の女たちは佐野了禅と同じ最期を遂げることになりますな」

「皆、佐野一族じゃ。そうあってしかるべきなのだ」

将監はくっくと笑った。

伊都子は女中部屋でゆりや春、そのと向かい合って話していた。

きぬが言った通り、お腹の子の父親は村の男だということにして、屋敷を出るようにと話した。

ゆりはおずおずと口を開いた。

「さようなことをお役人様は信じてくださいますでしょうか」

「信じるも信じないもお腹の中のことは誰にもわからないのですから、わたしたちが言い張ればそれまでのことです」

伊都子は力を込めて言った。

春が首をかしげた。

「でも、怪しまれたら、たとえ村の者の子であったとしてもかまわないからと殺されてしまうかもしれません」

春の言葉にゆりはどきりとした様子でうつむいた。

そのが落ち着いた口調で言った。

「いくらわたしたちが口裏を合わせても初様が何と言われるかわかりません。初様がおられる限り、父親が違うことにしようと話し合っても無駄だと思います」

初様がいる限り、という言葉が伊都子の耳に残った。

春やそのは、初への思いと同じように、清吾が邪魔だと感じたから殺したのではないか。

伊都子は思い切って訊いた。

「あなた方はまさか、戸川清吾様を殺《あや》めたりはしていないでしょうね」

「わたしたちがですか」

春はつぶやくとそのと顔を見合わせた。そのは頭を横に振って、

「わたしたちは、そんな恐ろしいことはしません」

と言った。

春とそのは素っ気なく答えたが、そのとき、ちらりとゆりを見た。ゆりはうつむいていたが、ゆっくりと顔を上げた。

「伊都子様」

ゆりは伊都子を真《ま》っ直《す》ぐに見て呼びかけた。

「何でしょうか」

「伊都子様はわたしとお腹の子の味方なのですか」

伊都子はごくりとつばを飲み込んでから答える。

「わたしは医者ですから、生まれてくるいのちの味方です」

きっぱりと伊都子が言うと、ゆりは微笑んだ。

「よかったです。それなら、伊都子様は心配をしなくてもよろしいです」

「わたしが何を心配するというのですか」

伊都子は訝しげに訊いた。それとともに、ゆりの話し方を何となく薄気味悪く感じていた。

「毒で殺されるんじゃないかという心配です。わたしのお腹の子を守ってくれる方に毒が使われることはありませんから」

ゆりはゆっくりと言った。

「何ですって」

伊都子は息を呑んだ。

「だから、申し上げました。わたしの子を守ってくれる方に毒を使ったりはしません」

「ゆりさん、あなたは毒を使わないと言っているのですか」

使わないということは使うときもあるということではないか。では、清吾に毒を盛ったのは、ゆりなのか。

春とそのがゆりの言葉にうなずいた。

伊都子はぞっとした。

それでも、懸命になって、

「父親のことはよろしいですね。明日にも、わたしから椎野吉左衛門様にお伝えいたします」

ゆりは春とそのと顔を見合わせた後、

「よろしくお願いいたします」

と頭を下げた。

伊都子はひどく重い荷を背負ったような気持ちになって女中部屋を出た。部屋に戻った伊都子は吉左衛門への書状を認《したた》めた。

ゆりが身籠っているが、どうやら村にいる許婚者《いいなずけ》との間にできた子のようだ。佐野一族が上意討ちにあった後に身籠ったようだから、佐野一族とは関わりがないので、早々に村に戻した方がいいのではないか、という手紙だった。

伊都子は翌朝、近所の村役人の家に行って手紙を託した。

吉左衛門から、早々に何か言ってくるかと思ったが、翌日になっても何も言ってこなかった。

(どうしたのだろう)

伊都子は何かとんでもない失敗をしたのではないか、と不安になった。

——二日後
白鷺屋敷の初のもとに書状が届いた。

吉左衛門からの手紙だった。

初の部屋に持っていったのは、ゆりである。

初は受け取って、まず封をたしかめた。糊付《のりづ》けしてあったが、まだ湿っている。いったん、開けてから、また封をしたのではないだろうか。

初はわずかに笑ってから封を開けて手紙を読んだ。白鷺屋敷の女たちは、いずれ自害を命じられるだろう、と書かれていた。

死にたくないのであれば、わたしの指図に従って欲しい、と吉左衛門は丁寧な言葉で書き連ねていた。

家老の辻将監は、白鷺屋敷の女たちがすべて死ななければならない、とは言っていない、と吉左衛門は書いていた。

もちろん、何人かは死ななければならないが、それでも助けられる者は助けたいと思っている。そのために力を貸して欲しい。そうすれば、初を助けることができる。とも書かれていた。

初は読み進むうちにひややかな笑みを浮かべて、

「何でも自分たちの思い通りになると思っている」

とつぶやいた。

これからは手紙で指示をするから、命が助かりたかったら従うように、と書かれていた。そして、十日後の夜、裏門を開けておくようにと書かれていた。文面から、おそらく、この日に吉左衛門は刺客を送り込んで白鷺屋敷の女たちを殺すつもりなのだろう。

「ようやく始まるのだ」

初はつぶやいた。

ふふ、と初は笑った。

手にした書状を持って柱に近づく。長押にそっと書状を入れた。

——十日後

この日、伊都子は夕方から胸が苦しいというきぬのために薬を調合した。きぬの部屋で煎じた薬湯を飲ませていると、結がやってきて、

「夕餉《ゆうげ》の支度がととのったそうです」

と言った。

「わかりました。すぐに行くと言っておいてください」

伊都子はきぬが薬湯を飲み終わるのを待って、ほかの薬も説明した後、部屋を出ようとした。すると、きぬが、

「伊都子殿」

と呼びかけた。

伊都子が振り向くと、きぬは、

「お世話になりました。ありがとう存じます」

と言って深々と頭を下げた。

いつにないことだけに伊都子も座り直して頭を下げた。

「こちらこそ、お世話になっております」

伊都子が頭を上げると、きぬは微笑んでいた。

（まるで、仏様のようなお顔をされている）

なぜか伊都子は胸をつかれる思いがした。そのまま部屋を出て台所に向かった。

ゆりと春、そのが台所で働いており、夕餉の膳はそれぞれの部屋に運ばれる。台所で食べるのは、伊都子と女中たちだけである。

伊都子は膳の前に座ったとき、先日までは清吾が一緒に食事をしたのだ、と思った。

かつて憧れに似た気持を抱いた清吾だったが白鷺屋敷でともに暮らすようになって、却《かえ》って気持が遠ざかった。

それでもいなくなってみると、清吾のことが思い遣《や》られた。もっと清吾と親身に話していれば、あのような最期を迎えなくともすんだのではないか、と思って自分を責める気持もあった。

そんなことを思いつつ、伊都子は食事をした。焼き魚を食べ、汁を飲んだ。すると、なぜだか、体が火照ってくるような気がした。

(どうしたのだろう)

ひどくのどが渇いてきた。汁を飲んだが、渇きは収まらない。却って口の中がからからに乾いていく気がする。

伊都子は箸と汁椀《しるわん》を膳に置いた。

水が飲みたい、と思った。

立ち上がり、板敷を歩いて、土間の水甕から水を汲《く》もうと思った。土間に降りて下駄を履いたとき、ひどく胸苦しくなった。

(まさか)

毒を盛られたのだろうか。そんな不安を抱いてまわりを見ると、さっきまでいたゆりと春、そのの姿が見えない。

だが、のどが焼け付くようだった。水甕の柄杓をとって、何杯も水を飲んだ。

熱い。

額に汗が噴き出ていた。

何の症状なのだろう、と思って考えようとしたとき、足に力が入らなくなって体がぐらりと揺れた。土間に倒れながら、

毒だ

と胸の中で思っていた。

十七

伊都子は胸苦しさにうなされて、自分の声ではっと気がついた。

まっ暗な部屋で布団に寝かされている。どこなのだろうと思うがよくわからない。だが、ふと、

（初様の部屋ではないか）

と気づいた。

すでに深更のようだ。

傍らに女がいるのが気配でわかった。

伊都子は横になったままかすれ声で訊いた。手足に力が入らず、起き上がることができない。耳鳴りがして目を開けているのもやっとだった。

「どなたですか」

「わたくしです」

初の声だった。

伊都子は背筋が凍る思いがした。清吾は、初によって毒殺されたに違いない。なぜか、はっきりそう思った。

「初様」

何か言わねばと伊都子は思ったが、言葉が出てこない。

「無理しないほうがよろしいです。まだ、毒が体に残っているでしょうから」

初はひややかに言った。何も言えないまま伊都子は、初の様子をうかがった。

「わたしはどうしたのでしょうか」

伊都子が訊くと、初はふふ、と笑った。

「ご自分でおわかりでしょう」

「毒を盛られたように思います」

苦しげに伊都子は言った。

「やはり、おわかりなのですね。その通りですよ」

初はひややかに言ってのける。

「わたしを殺すつもりですか」

伊都子は怯《おび》えて震え声になっていた。

「いいえ、あなたを殺すつもりはなかったのです。脅してよけいなことをさせないためなのです。あの白猫と同じことです」

初は、また笑った。煮物の鍋に附子《ぶし》の毒が入れられ、それを食べた白猫が死んだことを言っているのだ。

ぞっとした伊都子は、

「よけいなことをさせないとはどういうことでしょう」

と声を震わせて訊いた。

「たとえばわたくしの部屋の長押に妙な手紙を隠すようなことです」

初は冷淡な口調で言った。

「では、初様が毒を盛ったのですか」

伊都子は思い切って質《ただ》した。

「わたくしが毒を盛ったなどとは申していませんよ」

初ははぐらかした。

「初様の他にそんなことをする人はいないのではありませんか」

伊都子が言うと、初は立腹するでもなく、

「あなたはこの白鷺屋敷の女たちのことがいまだに、よくわかっていないようですね。毒を盛りそうなのは、わたくしだけではありません。わたくしにあからさまに逆らう女中たちや、義姉上様、義母上様、いえ、幼い結殿にしても義姉上様や義母上様から言いつけられた誰かの食べ物に毒を入れるぐらいのことはするでしょう」

と平然として答える。

伊都子は結がいつもきぬの部屋に遊びに行っていることを思い出した。もし、きぬに言いつけられたならば、結は何でもするに違いない。

結が初に部屋の長押に書状が隠されていると告げたのは、きぬに命じられたからではなかったか。

もしきぬが、毒を誰かの食物か茶に混ぜるように言いつければ、結は幼い子供だけに、まわりの者に気づかれずにしてのけるかもしれない。

「まさか、そんなことは信じられません」

伊都子は息を呑んだ。初は含み笑いをもらした。

「どうして信じられないのですか。わたくしたちがなぜこの白鷺屋敷にいるのかを思い出してごらんなさい」

「皆様がここにおられるのは、佐野了禅様が上意討ちから逃れさせようと思われてのことではございませんか」

初の様子をうかがいながら伊都子は言った。

初は静かに話を継いだ。

「そこが違うのです。義父上様が佐野一族の女たちを白鷺屋敷に送ったのは、千右衛門様の子を女中のゆりが身籠っていることを知っていたからです。男子《おのこ》であれば、佐野家の血筋を伝えるだけでなく、藩主安見壱岐守様のご一門衆に加わるかもしれないのです。それゆえ、佐野一族の女たちに託されたのは、ゆりが産む赤子を守ることでした。わたくしには最初からわかっていました」

ひややかな声で初は言った。

「ゆりさんのことは以前からご存じだったのですか」

驚いて伊都子は訊いた。

「千右衛門様が義父上様に話しているのを廊下で聞いてしまいましたから」

初はひややかに答える。

まだ上意討ちになる前、夜中に了禅と千右衛門が話している時のことだった、と初は話した。

茶を運び、廊下に膝をついて声をかけようとしたところ、部屋の中から、了禅が野太い声で、

「それはまことか。でかした」

と言うのが聞こえた。すると千右衛門が、

「お叱りを受けるかと戦々恐々といたしておりました」

と低い声で言った。

「何を言う。武家は跡継ぎが生まれねばどうにもならぬぞ」

「父上、何も男子と決まったわけではございませんぞ」

千右衛門が苦笑する気配を初は感じた。

「いや、決まっておる。男子なれば、わが佐野家はわしの孫の代まで続くことになる。さすれば、殿にもいままでと違う申し上げようがあるというものだ」

了禅は自信ありげに言った。

藩主安見壱岐守保武と了禅の対立は世継ぎの話が発端だった。保武には男子がいなかったため家老の辻将監は親戚である江戸の旗本から養子を迎えようとしていた。

了禅は一門衆がいるからには、その中から養子を迎えるべきだと主張していたが、この時期、一門衆の中にも適当な年齢の男子はいなかった。

どうしても一門衆の間からということになれば、了禅の子の小一郎か千右衛門しかいなかった。このため藩主保武は了禅が御家乗っ取りを企《たくら》んでいるのではないかと疑った。

そして臣籍にある者を藩主にはできないと言って了禅の望みをかなえようとはしなかった。

家老の辻将監もまったく同じ考えで了禅と執政会議の場で何度か遣り合った。辻もまた、保武と同じように、

「いったん、家臣であった者が主君となっては、家中《かちゆう》の乱れのもとでございますぞ。主君と家臣の分け隔てをしっかりしていなければ、国が滅びます」

と言っていた。千右衛門が手をつけたゆりに子ができたらしいと知った了禅は、

（これで、殿をあわてさせることができる）

とほくそ笑んだのだ。了禅はふと千右衛門に、

「それにしても、ゆりに子が生まれれば初は怒るであろうな」

と言った。千右衛門には案じる様子はなかった。

「初は不貞こそ働いておりませんが、身の回りの男を自分に引き付けずにはおかぬみだらな女でございます。わたしは遠慮せずともよいと思っております」

「そうか」

了禅はからからと笑った。

そこまで聞いた初は、ゆっくりと、

「お茶をお持ちいたしました」

と声をかけてから、両手を添えて襖《ふすま》を開けた。

了禅と千右衛門は初の顔を見てぎょっとした。だが、初は何も言わず、茶を出すとそのまま部屋から立ち去った。

「お辛《つら》かったでしょう」

思わず伊都子は同情した。

初は黙って答えない。

辛くないはずはないが、それを認めることは家系が続くことを尊ぶ武家の女にはできないことだった。

何より初の誇りが許さないのだろう。しばらくして、初はぽつりと言った。

「辛いのはわたくしだけではありません。義父上様はしないでもよい諍《いさか》いを殿との間に起こして身を滅ぼされました。義母上様にとっては無念なことであったろうと思います。さらに千右衛門様が密通してできた子を守ることを言いつけられたのですから、胸の中ではどのように思われているかわかりません」

初に言われてみれば、きぬは、武家の掟《おきて》に従って生きているが、そのことに満足しているかどうかはわからない。あるいは、過酷なことを押し付けた了禅を腹立たしく思っているのかもしれない。

さらに言えば家士《かし》でありながら、主人が上意討ちにあっている際に逃げ出し、千右衛門の妻である初への邪《よこしま》な思いを果たそうとした堀内権十郎に女たちは憤りと憎悪を感じたことだろう。

また、権十郎を斬った小一郎にしても、初への想《おも》いだけで動いており、妻の芳江や娘の結、そして一族の者たちへの思いやりはいささかも感じられない。

白鷺屋敷にいる女たちは男の身勝手さに振り回され、犠牲になっているともいえるのではないか。

初は薄く笑った。

「何もこの屋敷の女子たちだけが、かわいそうなのではありません。あなたにしても、あの戸川清吾という医者に想いを寄せていたのでしょう。ところがあの男はあなたの想いとは裏腹にわたくしに近づこうとしました。あなたの想いを裏切ったともいえるのではありませんか」

初に言われて伊都子は胸の奥に刺すような痛みを感じた。

清吾とは何があったわけでもないから、初に近づこうとしても裏切りとは言えない。しかし、ひそかに清吾に対して抱いていた想いが虚《むな》しいものになったのは確かだ。

それを裏切りと呼べるのだろうか。

伊都子が胸苦しい思いをしながら考えていると、初が立ち上がった。

「そろそろ時刻です」

初はさりげなくつぶやいた。その言葉には重々しい響きがあった。

「どうされるのです」

伊都子は起き上がろうと、あがきながら言った。

初は伊都子に顔を向けた。

「これから、恐ろしいことが起こります。あなたが生き延びられるといいのですが」

初の言葉に伊都子ははっとした。

「恐ろしいこととは何なのです」

「この屋敷が火の海になり、ひとが死ぬのです」

初は言いおいて、ゆっくりと部屋を出ていった。

伊都子は愕然として起き上がろうとしたが、動くことができない。

「誰か」

声をあげかけて口をつぐんだ。

今、この屋敷にいる誰が味方なのかよくわからない。ひょっとすると皆、敵かもしれないではないか。

伊都子は恐怖に震えるばかりだった。

十八

初は縁側から中庭に降りるとそのまま裏門へと回った。月が出ている。ゆっくりと歩く初は月光に青白く照らされた。

裏門に来た初は外をうかがうように耳をすませた。すると、

「初殿か」

と男の声がした。

初は閂《かんぬき》を外して裏門を開けた。

羽織袴姿の武士が家士らしいふたりの屈強な男を従えて立っていた。

椎野吉左衛門だった。

「ご苦労」

吉左衛門に言われて、初は黙って頭を下げた。

「椎野様こそ、御自《おんみずか》らのお出まし、もったいのうございます」

初は小声で言ってから顔を上げたとき、吉左衛門の背後にふたりの家士しかいないことを確かめた。

「連れて参ったのは、ふたりだけでござる。人数が多くては目立つし、相手はいずれも女人ゆえ、三人でかかれば何ということもないからな」

「さようであろうかと思っておりました」

つぶやくように言った初は、こちらへ、と吉左衛門を案内して進んだ。吉左衛門は供の家士と初に従った。

やがて中庭に出たとき、吉左衛門は黒々と静まった屋敷の中で一部屋だけ、灯《あか》りが点《とも》っているのに気づいた。

「初殿、起きている者がいるではないか」

吉左衛門は初に囁くようにして訊いた。

「義母上様が起きていられるのです」

声を低めるでもなく初は答えた。

「それは厄介だな。寝ていてくれればいいものを起きていて騒がれると面倒だ」

吉左衛門が舌打ちすると、初は、

「大丈夫でございますよ」

となぜかなまめいた声で言った。吉左衛門は首をかしげる。

「なぜ、大丈夫なのだ」

「義母上様は今宵《こよい》、椎野様が来られることを知っております」

初の言葉を聞いて、吉左衛門は愕然とした。

「知っておるだと。なぜ、知ったのだ」

「わたくしが話しましたゆえ」

さりげなく初は言った。

「馬鹿な、なぜ知らせた。騒ぎになるではないか」

吉左衛門は苛立たしげに問い詰めた。初はゆっくりと頭を振った。

「さようなことにはなりません。義母上様は上意討ちにあった佐野了禅の妻としてすでに覚悟されておられます。わたくしはそのことを知っておりましたゆえ、話したのです」

「まことに覚悟しているというのか」

吉左衛門は訝しげに訊いた。

「はい、もし、皆が処刑ということになれば、刑場に引き出されて打ち首ということになりましょう。それに比べれば闇討ちとはいえ、罪人ではなく、武家の奥方として死ぬことを義母上様は望んでおられるのです」

初が言うと、吉左衛門は感嘆の声をもらした。

「それは見事な覚悟だな。武家の妻女の亀鑑《きかん》ではないか」

「わたくしもさように思います」

初は、きぬが、吉左衛門に茶を点てたいと言っていると告げた。

「闇討ちに来た者に茶を出すとはどういうことだ」

当惑して吉左衛門は訊いた。

「義母上様はあくまで椎野様を上使としてお迎えいたしたいのです。それが一門衆であった佐野家の矜持《きょうじ》だと申されていました」

初はそう告げると障子が灯りで白く輝いている部屋の前に行き、静かに縁側に上がって、

「お連れいたしました」

と声をかけた。部屋の中から、きぬの声がした。

「おあがりいただきなさい」

吉左衛門はやむなく縁側にあがった。初が障子を開けると、そのまま部屋に入って座った。

初とふたりの家士は縁側に控えた。

きちんと着物を着て茶の湯の支度をしていたきぬはすでに釜の前に座っている。

湯が沸いた釜は松籟《しょうらい》の音を立てていた。

吉左衛門は軽く頭を下げて、

「余儀なきことになりましたが、これも主命でござる」

と言った。きぬは丁寧に頭を下げて、

「お役目、ご苦労に存じます。佐野一族の最期に立ち会ってくださり、ありがたく存じます」

「それがしとしては、お助けいたすことがかなわず、まことに残念でござる」

きぬは吉左衛門の言葉には答えず、作法通りに茶を点て始めた。静かで乱れのない所作である。

茶を点てた黒楽茶碗をきぬは吉左衛門の膝前に置いた。

吉左衛門は茶碗にすぐには手を出さず、

「ほかの者たちはいかがされておられます」

ときぬに訊いた。

「皆、いつも通りに寝ておりますゆえ、できれば気づくまもなく、あの世へ行かせてやってくださりませ」

吉左衛門の目が鋭くなった。

「まことにさようでありましょうな。皆を逃がしておき、わたしに茶を飲ませて時を稼ぐおつもりではないのか」

きぬは、ほほ、と笑った。

「この期《ご》に及んでさように往生際の悪いことはいたしません。皆がいつも通りに寝ていることは初殿がご存じでございます」

きぬの言葉を受け、縁側の初が頭を下げた。

「間違いございません。皆、普段通りに就寝いたしております」

さようか、と吉左衛門がうなずくと、きぬは顔を吉左衛門に向けた。

「ひとつだけお願いいたしたきことがございます」

吉左衛門は眉をひそめた。

「何でござろうか。今更、命乞いはされても無駄でござるぞ」

「わたくしどもはすでに覚悟いたしております。されど、孫の結だけは何とか助けてやりたいものだと思っております」

きぬが祖母の情を滲《にじ》ませていうと、吉左衛門はしばらく考えてから、

「今宵、手引きしてくれた者の一命は助けることを辻ご家老には承諾していただいております。されば、初殿が結殿を助けたいと願われるのであれば、それがし

から口添えはいたしましょう。されど初殿が願わなければ無理でござる」

と告げた。きぬはちらりと縁側の初を見た。

「さようですか、到頭、わが佐野家の血筋が伝わるかどうかは初殿の胸三寸で決まることになったのですね」

感慨深げなきぬの言葉にも初は表情を変えない。結を助けるとも助けないとも言わないまま座っている。

吉左衛門はようやく茶碗を取ろうとしたが、ふと手を止めた。あらためてきぬの横顔を見つめてから、

「申し訳ござらぬが、この茶、毒見をしていただけませぬか」

とうながした。きぬは吉左衛門に目を向けて微笑んだ。

「さすがに用心深いことでございます。いかにも毒見を仕《つかまつ》りましょう」

きぬは膝をずらせて吉左衛門と正面から向かい合うと茶碗を手に取り、静かにひと口、啜《すす》った。

吉左衛門はその様を見ながら、なおも疑いを抱いているのか、

「いまひと口、飲まれよ」

と重ねてうながした。

きぬは落ち着いた様子で、もうひと口、飲んでから茶碗を吉左衛門の前に置いた。静かな所作に変わったところはなかった。

「いかがでございましょう。毒が入ってはおらぬと存じますが」

きぬは目に笑みをためて言った。

「ご無礼いたした」

吉左衛門は頭を下げてから茶碗を手に取るとゆっくり口元に運んだ。その様を初がちらりと鋭い目で見た。


そのころ、伊都子はようやく体が動くようになり、畳の上を這《は》って障子につかまった。わずかに開けると、外の様子をうかがった。

きぬの部屋に灯りが点っているのが見えた。

伊都子はあえぎながら縁側に這い出ると、そのまま中庭に降りて地面に腰を下ろしてうずくまり、あたりの様子をうかがった。

屋敷は静まり返っているが、なぜか緊迫した空気が漂っているのを感じる。それぞれの部屋をうかがい見た時、

（誰も寝てはいないのではないか）

という気がした。
皆、部屋の中で音を立てずにいるものの、いま屋敷の中で起きようとしている何かを息を詰めてうかがっている気がした。
恐ろしい
伊都子は緊張で居たたまれない思いがして叫びたくなったが、必死で口を押さえた。
きぬの部屋をうかがうと障子の間から灯りが漏れて初とふたりの武士が縁側に座っているのが見えた。
おそらくきぬは起きているのだろうが、何をしているのかはよくわからない。伊都子は闇の中を少しずつ這って庭木に近づいた。
目が眩《くら》み、吐き気がしたが、ようやく庭木の陰に身をひそめることができた。ここからなら、きぬの部屋がよく見えた。
その時、伊都子は、
誰かに見られている
と感じた。庭木の陰に身をひそめる伊都子の動きをじっと見つめている者がいるに違いない。

伊都子は縁側と部屋をずっと見まわしたが、ひとの姿は見えない。

（どこから見張っているのだろう）

恐ろしく思いながらも、伊都子はきぬの部屋の方角に顔を向けて目をこらした。

きぬが一人の武士と向かい合っているのが見えた。

背中だけで顔はわからないが、椎野吉左衛門ではないか、と思った。


吉左衛門はゆっくりと茶を喫すると、茶碗を眺めてから畳に置いた。

「結構なお点前でござった」

吉左衛門は頭を下げた。

きぬは微笑して、

「もう一服いかがでございますか」

と訊いた。吉左衛門は頭を横に振った。

「いや、さようにしておっては、時がかかります。夜が明ける前にすべてを終わらせねばなりませぬゆえ」

吉左衛門はちらりと縁側の初を見た。

「初殿、しばし目を閉じておられたがよろしかろう」

吉左衛門が言うと、初はゆるゆると頭を振った。

「いえ、わたくしも武家の女子にございます。生死のことから目をそらすわけには参りません」

きっぱりとした初の言葉を聞いて、吉左衛門は苦笑した。

「まことに佐野家の女人は見事じゃ」

そう言った吉左衛門は傍らの刀を引き寄せて、柄《つか》に手をかけた。

「奥方様、お覚悟召されよ」

吉左衛門が言うと、きぬは不思議そうに吉左衛門の顔を見返した。

「刀に手をかけて、何をされるおつもりでございますか」

「知れたこと、ただいまより奥方始め、佐野家の女人方のお命を頂戴仕る」

吉左衛門が言うと、きぬはふふ、と笑った。

「それはまた、無駄なことをされまするな」

「何を申される。いざとなって臆されたか。未練でござるぞ」

吉左衛門は片膝を立てて抜き打ちにする構えをとった。

きぬはじっと吉左衛門を見つめた。

「無駄と申したわけがいまだにおわかりになられぬのか」

「なんと」

吉左衛門は訝しげに眉をひそめた。

「わたくしはもはや黄泉《よみ》への道をたどり始めております」

きぬは咳《せ》き込んで、口を手で押さえた。すると指の間から、たらりと血が流れた。

吉左衛門は目を瞠った。

十九

「まさか、わたしに毒を飲ませるために」

自分も毒を飲んだのか、ときぬに言いかけた吉左衛門は息を呑《の》んだ。そうだとすると、もはや、吉左衛門自身が毒を盛られているのだ。

きぬは片手を畳につき、咳き込みながらも、つめたい目で吉左衛門を見つめている。きぬは身を起こすと床柱に背をもたせかけた。

「椎野殿、油断でございましたな」

「おのれ、何ということを」

吉左衛門は歯嚙《はが》みした。たしかに、きぬが先に茶を飲んだので、安心したのは不覚だったと吉左衛門は悔いた。

まさか、きぬが自ら毒を飲んで吉左衛門を油断させるとは夢にも思わなかったのだ。吉左衛門はきぬをにらみつけた。

「奥方、見事なお覚悟だが、わたしは死なぬ。この屋敷には女医者がおる。毒消しのひとつやふたつ持っておろうからな」

言い放った吉左衛門は思わず口元を押さえた。胸苦しくなり、こみ上げてくるものがあった。吉左衛門は縁側の家士《かし》に向かって、

「毒を盛られた。医者を呼べ」

と怒鳴った。家士たちが、立ち上がった時、初がひとりに懐剣を構えて体当たりしていた。

家士は脇腹を刺されて、

「何をする」

と叫んだが、初は懐剣でその脇腹をえぐった。家士は苦しみながらも初を突き飛ばし、かろうじて刀を抜いた。

もうひとりが脇腹を刺された家士をささえながら刀を抜いた。縁側に倒れた初

はゆっくりと立ち上がった。

「懐剣には毒が塗ってあります。もはや、助かりませぬぞ」

初はひややかに言った。

「そのような偽りを信じてたまるか」

言いかけた家士が、がくりと膝をついた。もうひとりが、あわてて、

「大丈夫か」

と助け起こそうとしたが、もはや動こうとはしなかった。

「許さぬ」

家士は立ち上がって刀を構えた。

初は血に染まった懐剣を手に微笑《ほほえ》みを浮かべてゆらりと立っている。

家士が上段に構えて斬りかかったとき、初はよけようともしなかった。白刃の下に体を投げ出した。

初の肩先に斬りつけた家士の刀が止まった。

家士の胸もとに飛び込んだ初は懐剣を腹から斜めにすべらせて胸を突いていた。

初が捨て身で飛びかかると思っていなかった家士の刀は一瞬、遅れていた。

はあっ、はあっ

初は大きく息をした。

肩先を斬られて血が滲《にじ》んでいる。

斬りつけた家士は刀を引き、初を押しのけた。そのまま胸に手を当てて後退《あとずさ》る。

手が血で染まっているのを信じられないもののように見た。

吉左衛門が縁側まで這《は》うようにして出ると、

「何をしている。わたしは毒を盛られたのだぞ。早く医者を呼ばぬか」

手が血に染まった家士がうつろな目で吉左衛門を見た。

「わたしもやられてございます」

家士はゆっくりと頽《くずお》れた。

もうひとりの家士も倒れたまま動かない。すでに絶命しているようだ。その様を見た吉左衛門は苛立《いらだ》たしげに怒鳴った。

「この屋敷に女医者がおろう、毒消しの薬を持ってまいれ」

その声を聞いて、庭木の陰にいた伊都子が思わず立ち上がろうとした時、腕を押さえる者がいた。

ぎょっとして振り向くと女中の春が腰を落として傍《そば》にいた。

「春さん」

伊都子が声をあげようとすると、春は頭を振って制した。そして押し殺した声で、

「いま少し待ってください」

と言った。それが、吉左衛門が毒で絶命するのを待てという意味だと知って、伊都子はぞっとした。

（この屋敷の女たちは、吉左衛門たちを殺そうとしているのか）

伊都子は震えた。春は、さらに低い声で言葉を継いだ。

「ゆりさんはそのさんに連れられて屋敷を出て、ゆりさんの村へ向かいました。若奥様はお部屋で結様を守っておられます」

「椎野様が襲ってくることを皆、知っていたのですね」

伊都子が訊くと、春は真剣な表情で答えた。

「いつか、襲われることになる、と大奥様から言われておりましたから」

「それに備えていたというのですか」

伊都子は恐ろしいものを見るように春を見つめた。

白鷺屋敷でいま行われているのは、途方もなく恐ろしいことだと思った。そのことを知ったからには、自分も生きていられないのではないか。

「生きるためですから」

春は平然と答えた。

その時、吉左衛門が縁側に出てきた。そして、

誰かある

とかすれた声で言ったが、苦しげに胸をかきむしったかと思うと、ばたりと前のめりに倒れた。その様子を見定めた春は、伊都子に、

「初様のお手当てを」

と言った。そして、わたしがお部屋から、薬箱を持って参ります、と言って傍を離れた。

伊都子はうながされるまま立ち上がってきぬの部屋に向かった。

縁側に倒れている家士ふたりがすでに息をしていないのを確かめた。その傍らの初を助け起こした。

伊都子は眉をひそめた。

初の傷は思ったよりも深いようだ。胸にまで届いているのではないか。春が薬箱を持ってきた。そのとき、吉左衛門の口からうめき声がもれた。

(まだ、息がある)

伊都子はどきりとした。

毒を吐かせて手当てをすれば、助かるのではないか。そう思って、伊都子が動こうとした時、きぬの声がした。

「余計な手出しは無用」

はっとして見ると、きぬは口元を血で染めた壮絶な姿ながら背筋をのばして正座していた。きぬは伊都子を見つめた。

「これは、わたくしたち白鷺屋敷の女と藩の戦いなのです。戦場で倒した敵の命を救おうとするなら、あなたの命ももらい受けねばなりません」

苦しげにしながらも、きぬはきっぱりと言った。その口調には逆らうことを許さぬ武家の奥方の威厳が込められていた。

伊都子は気圧《けお》されるまま、初の手当てをした。出血を止めるには傷口を押さえねばならない。

襟をくつろげると、春に台所から焼酎を持ってこさせた。春が急いで持ってきた焼酎の徳利に口をつけて、初の傷口にふきかけた。

初がうめく。伊都子は薬箱から傷口を縫うための針と糸を取り出して、

「痛みます。お許しを」

と声をかけて初の傷を縫った。さらに膏薬《こうやく》をはって白い布を傷口に巻いた。汗

だくになって、手当てをする間に伊都子の手や頬に血が飛び散った。ようやく手当てを終えると、初は、うめきながらも、

「すみませぬ」

と言った。春が初をそっと抱きかかえた。

伊都子は初の額に手をあてた。

汗ばんでいるが、熱はまだ出ていないようだ。しかし、油断はならないと思った。かなり出血しており、脈も弱くなっている。

(命が保てるだろうか)

危うい、と伊都子は思った。そんな伊都子の危惧《きぐ》を察したのか、初が微笑んだ。

「わたくしのことは案じなくともよいのです」

「なぜでございますか。先ほど、椎野様のご家来をふたりまで討ち果たされました。この屋敷の女たちを守ろうとされたのではありませんか」

「さあ、わかりません。わたくしには、自分が何をしているのか、わからないのですよ」

初は虚《うつ》ろな目をして言った。そんな初の言葉には、途方もない悲しみが込められている、と伊都子は感じた。

「傷の手当てはいたしました。もう大丈夫でございます」

初を励まそうと伊都子は言った。すると、初は陶然とした表情になった。宙を見据えて、

「やはり、来てくださったのですね」

とかすれた声で言った。

伊都子はぎょっとした。

初は何を言っているのだろう。幻を見ているのではないか。初のもとに来たのは誰なのだろう。

千右衛門か、それとも。

伊都子は思い迷った。

初の目にはいま、いとおしい男の姿が見えているのではないだろうか。そう思うと、伊都子は胸が詰まる気がした。

その時、きぬが苦しげに口を開いた。

「伊都子殿、お願いがあります」

伊都子はきぬの傍に寄った。きぬの毒を吐かせて助けねばと思った。しかし、きぬはあえぎながら、

「わたくしはもはや、助かりませぬ。それより、この白鷺屋敷の女たちを生かすために力を貸してください」

きぬの言葉に伊都子は緊張した。

「わたしにできることでしょうか」

「できますとも」

きぬは微笑んだ。

「わたくしたちは、この屋敷に来てから、いずれ死ぬ運命であることはわかっておりました。されど、男たちの思い通りになって死のうとは思いませんでした。生きられる女子《おなご》は生かし、守るべき命は守ろうと思ったのです」

きっぱりときぬは言った。

「守るべき命とは、ゆりさんのお腹《なか》の子のことでございますか」

伊都子が問うときぬはうなずいた。

「それに結です。そしてゆりの子と結を守るために生きてもらわねばならない女たちがいます」

そう言ったきぬは縁側に目を向けた。

「結、来たのですか」

縁側に結と芳江が来ていた。

結は春に抱きかかえられた初が血に染まっている姿に泣きそうになった。さらに吉左衛門とふたりの家士を怯《おび》えた表情で見た。

芳江が結とともにきぬの傍らに座り、

「義母上《ははうえ》様、結はどなたが自分を救うために命がけで戦ってくださったのか知っておかねばなりません。お心の裡《うち》をお伝えください」

と言った。

「おお、そうですね、わたくしのことはともかく、初殿のことは伝えておかねばなりますまい」

きぬはゆっくりと口を開いた。

二十

わたくしの夫である佐野了禅は傲慢《ごうまん》な人柄でした。

おのれのみを高くして、ひとをひととも思わぬ。

そんな身勝手なひとだったのです。一門衆ならではの気位の高さと言うこともできましたが、まわりの者を見下すことが甚だしく、わたくしも度々、諫《いさ》めましたが、とうとう聞き入れてはくれませんでした。

それだけに藩主保武様にもことあるごとに逆らい、時に主君をしのぎ、ないがしろにしようとしました。

保武様に御子が無く、お世継ぎをいかにするかを決めねばならなくなった時、了禅殿は、

「一門衆から選べばよい」

と保武様の御前で猛然と言い張ったそうです。保武様は了禅殿の傍若無人なものの言い様にお怒りになり、以後は辻ご家老に相手をさせたのです。すると、了禅殿はさらに居丈高《いたけだか》になり、

「われら一門の者はすでに家臣となっておるゆえ、世子にできぬと言うのであれば、これから一門に生まれてくる者を世子とすればよいではないか」

と言い放ちました。

このことを聞いた時、わたくしには了禅殿が何を考えているのかわかりませんでした。実は、了禅殿は女中のゆりが千右衛門の子を宿したことを知っていたのです。

無論、まだ生まれておらず、男子《おのこ》か女子かもわからないのに、世子にする話などできるはずがありません。

しかし、了禅殿はそれでもよかったのです。

　保武様に嫌がらせをして、一門衆である自分を無視はできないことを思い知らせれば、それでよかったのです。

本気で一門衆から世子を出したいとは思っていなかったでしょう。

それだけに保武様のお怒りが募ったのも、当然だったのです。主君に逆らえば家臣に待っているのは、いかに一門衆とはいっても滅びの道だけです。

そのことを了禅殿とてわかっておられたはずです。

それでも、一門衆としての自らの血筋に誇りを抱く了禅殿は保武様がさような荒事《あらごと》はしないだろう、と高をくくっていたのでしょう。

実際に上意討ちがあるかもしれない、という雲行きになると、ひどくあわてました。

ご自分の見込みが甘かったことをようやく悟ったはずです。しかし、それからが、了禅殿らしかったと言えるのかもしれません。

了禅殿は上意討ちをはなやかに迎え討とうと思ったのです。もし、この時、了禅殿が折れて保武様に頭を下げれば、了禅殿の切腹は免れずとも家族や家来たちにまで累が及ぶことはなかったはずです。

しかし、了禅殿は家族や家来を道連れにしようとしました。そのうえで、保武様を不安にさせるための手を打ったのです。

それが、わたくしたち佐野家の女子を白鷺屋敷に移すことでした。あたかも上意討ちから家族を逃れさせたようでしたが、実は違います。

ゆりのお腹の子を生かすために、わたくしたちともどもゆりを屋敷から出したのです。了禅殿はゆりだけが助かり、ゆりの子が佐野家の血筋を伝えてくれればそれでよかったのです。

このことを了禅殿から聞かされた時、わたくしは愕然《がくぜん》としました。

「ゆりの子さえ助かればそれでよろしいのですか。わたくしどものことはお考えいただけないのでございますか」

わたくしが血相を変えて問うても、了禅殿は笑うだけでした。

「武家の女子は主と生死をともにするのは当たり前のことだ。未練を申しては世間に嗤《わら》われようぞ」

わたくしは世間がどう思おうと恐れる気持はありませんでしたが、了禅殿がおのれの考えをあらためないひとであることはわかっておりました。

「殿はさようにご自分が大切でございますか」

「この世に自分を大切に思わぬものなどおろうか」

了禅殿はからからと笑いました。

無駄な言い争いをしてもしかたがないと思い、白鷺屋敷に移りました。そして間もなく、佐野家は上意討ちにあったのです。

わたくしは了禅殿の最期を知ると、何としてでも女たちを助けねばならないと心に誓いました。

その時なのです、初殿が自決を図ったのは。千右衛門の後を追おうとしたのではありません。

女子としての意地を通そうとしたのです。

初殿は自分が望みもしないのに、男を惹《ひ》きつけてしまう性《さが》を持っていますが、実のところは、曲がることなく真っ直《まっす》ぐに生きたいと願っている女子です。

しかし、男は初殿に思いを寄せ、勝手に初殿の姿を思い描いてしまいます。椎野様も小一郎も堀内権十郎もそうでした。

初殿はゆりが身籠っていること、お腹の子を生かすために自分たちが白鷺屋敷に入れられたことを知っていました。

そのことで初殿がどれほど苦しんだか、わたくしにはわかりません。

ただ、同じ武家の女子としてわかるのは、夫が別な女子をはらませたことは、哀《かな》しくとも忍ばねばならぬことであったろうということです。

武家の妻たる者は家のためとあらば、夫を支える自分にゆりたちが託されても、辛抱できたでしょう。

しかし、千右衛門はゆりを初殿には託しませんでした。

ほかの男たちが初殿を自分勝手に思い描いていたように、千右衛門もまた、初殿の真《まこと》の心を知ろうとはせず、信じなかったのです。

初殿にとってどれほど辛かったか。

わたくしはそのことを悟って初殿を頼ることにしました。ともに白鷺屋敷の女たちを助けよう、そのために命を投げ出そうと。

きぬは苦しそうに口を閉じた。

伊都子は驚いて膝を乗り出した。

「では、初様は皆様を救うためにあのように振る舞われていたのですか」

きぬはかすかにうなずいた。

「白鷺屋敷の女たちを生かそうと初殿と話している時、堀内権十郎が忍び込んできたのです。権十郎は初殿に邪《よこしま》な思いを抱いておりました。そんな権十郎が屋敷にたびたび忍んで来ては屋敷の女たちが咎《とが》めを受ける。初殿は自ら権十郎を殺《あや》めようとしました。その時、小一郎が現れて初殿を助けたのです」

　きぬが話すと、芳江は初に目を遣《や》り、袖で涙をぬぐった。

「わたくしは、さようなこととは知らずに初殿をこれまで憎んでおりました。許してください」

　芳江が嘆くように言うと、きぬは手をあげて制した。

「ひとにはそれぞれ役目があります。わたくしがあなたに相談しなかったのは、あなたが結の母親だからです」

　芳江ははっとした。

「それはなぜでしょうか」

「母というものは、わが子を真っ先に守ろうとするものです。もし、ゆりの子を守るために結が危うい目に遭うことになれば、あなたは何としてでも結を助けようとするでしょう。そのことでゆりの子やわたくしたちが犠牲になろうとも」

きぬに諭すように言われて、芳江は頭を下げた。

「申し訳ありません。その通りでございます」

「だからこそ、わたくしはあなたが初殿を憎むのをそのままにしておいたのです。あなたは初殿を憎み、結を自分の手で守ることだけを考えるでしょうから」

春に抱えられた初は目を閉じたまま何も言わない。

きぬが話を継いだ。

「白鷺屋敷の女たちが力を合わせて生き抜こうとしていると藩の役人たちに知られれば、ただちに処分が決まるのは必定《ひつじょう》でした。それゆえ、初殿は皆に憎まれるように振る舞ったのです」

伊都子は初を見つめた。

「では、わたしがこの屋敷に来てから知った初様の姿はすべてお芝居だったのですか」

伊都子が問うと、きぬは目を閉じて答える。

「すべてを知っていたのは、わたくしと初殿、そして春だけでした」

初を抱えた腕に春は力を込めるようにして、

「わたしは藩の役人たちの目をごまかすために、初様の悪口をさんざん言ったのです。申し訳ないことでした」

と言った。

春の目から涙が落ちた。初がゆっくりと目を開ける。

初は静かに言葉を発した。

「春はよくやってくれました。だからこそ、椎野様はわたくしをご自分の意のままに動かせると思い、家士をふたり連れただけで、わたくしたちを斬りにきたのです」

きぬも瞼《まぶた》を開けた。

「われらは了禅殿の思い通りにも、藩の言いなりにもなりません。ゆりの子は村で生まれ、武家とは関わりなく生きていくでしょう。了禅殿が願ったような血筋のために争いに巻き込まれる生き方はゆりがさせないでしょう」

伊都子はすがるようにしてきぬに訊いた。

「これからいかがされるのでしょうか」

「この屋敷に火を放ちます」

「火を」

伊都子は愕然とした。

きぬは力を振り絞って身を起こした。

「伊都子殿、初殿や芳江殿、結、春とともに逃げてください。この屋敷はわたくしと椎野殿たちとともに灰燼《かいじん》に帰します。椎野殿はわたくしを斬ろうとしましたが、しくじって死んだことになります。藩では椎野殿がなぜここで死んだか、明らかにするわけにはいかないでしょう。椎野殿を手引きした者は、生き延びられるという約束を初殿はしていますから、もはやお咎めはありますまい。あなたには、そのための証人となっていただきたいのです」

きぬは懐紙を取り出して、傍の燭台《しょくだい》の火に近づけた。

芳江が悲鳴のような声を上げた。

「義母上様」

懐紙が燃え上がる。

きぬは次々に懐紙を燃やしては襖《ふすま》や障子に投げた。たちまち炎が燃え上がった。

「早く行きなさい」

きぬは皆を叱咤《しった》した。

「おばあ様」

結が駆け寄ろうとするのを芳江が抱き止めた。きぬは結をやさしく見つめた。

「懸命に生きなさい。それが祖母の願いなのですよ」

芳江はうなずいて結を抱きかかえて縁側に出た。すでに部屋の中には煙が満ち始めていた。

伊都子は春とともに初を抱きかかえた。縁側から外に出ようとして、ちらりと吉左衛門を見た。

吉左衛門の顔はすでに蒼白《そうはく》になっている。絶命しているようだ。

(わたしは椎野様を見殺しにした)

医師としての良心の呵責《かしやく》が伊都子を襲ったが、どうすることもできなかった。春と伊都子に両脇から抱えられた初は苦しげにうめいた。

結を抱えた芳江が庭に下りると、

「こちらへ」

と伊都子たちに呼びかけながら玄関先へと向かった。

伊都子たちも続いていく。

庭を出る瞬間に振り向くときぬは床柱の傍に倒れ伏し、畳に炎が走っていた。

芳江に抱かれた結が、

「おばあ様」

と甲高い声を上げた。

二十一

紅蓮《ぐれん》の炎に包まれた白鷺屋敷が焼け落ちて、火が鎮まったのは翌日、昼過ぎのことだった。

初や芳江、結と伊都子、春たちは近くの庄屋屋敷に引き取られた。役人たちが焼け跡をあらためるときぬと椎野吉左衛門、吉左衛門の家士ふたりの遺骸が見つかった。

女中のゆりとそのがいないこともわかったが、火災に怯えて逃げたのだろう、ということで特に追及はされなかった。

当初、奉行所の役人が取り調べを行っていたが、突如、家老の辻将監が庄屋屋敷に乗り込んでくると、

「取り調べはわしがひとりで行うゆえ、ほかの者は下がれ」

と宣言した。町奉行所の役人たちは吉左衛門が怪死した事件だけにあつかいかねており、将監が乗り出してくれたことにほっとして、焼け跡の処理だけに専念

した。

将監は庄屋屋敷の奥座敷でまず芳江から話を聞いた。

芳江は、夜中にいきなり、騒ぎが起きて何もわからないうちに火がまわったため、娘を抱えて逃げるので精一杯だったと答えた。

将監はつめたい目で芳江を見据えた。

「きぬ殿はそなたの義母《はは》ではないか。火の中に義母を見捨てて逃げるとは、嫁としてよい心がけとは言えぬな」

厳しい将監の言葉にも芳江は眉ひとつ動かさなかった。

「わたくしはさようには存じません。義母から、かような時の心構えを言い聞かされておりましたから」

「自分を見捨てて逃げよというのか」

芳江は落ち着いて答える。

「はい、さようでございます。義父《ちち》の佐野了禅は上意討ちとなりましたが、義母もわたくしも義父は無実であったと信じております。義父がわたくしたちを白鷺屋敷に向かわせたのは、上意討ちにあわず、生き延びていつか無実を明らかにして欲しいとの心であったかと思います。それゆえ、幼い娘ともども、危ういことがあったおりには、他の者にかまわず、逃げよというのが義母の教えでございました」

将監はじろりと芳江を睨んだ。

「上意討ちにあった佐野了禅が無実であるなどという物言いは穏やかではないな。佐野を討てと命じられたのは、殿であられるぞ。そなたが佐野が無実であったというのは、殿が過ちを犯されたというのと同じことだぞ」

芳江は手をつかえ、頭を下げた。

「これは気づかぬことを申しました。お許しください。ただ、義母より、白鷺屋敷の女子たちは生き延びよと言われておりましたので、そのことを申し上げたかったのでございます」

言葉は丁寧だが、芳江の口調には毅然《きぜん》としたものがあった。

将監は眉をひそめた。

(佐野小一郎の妻はかような強い女だとは聞いていなかったぞ)

どちらかと言えば、愚痴が多い、凡庸な女だと吉左衛門からは聞いていた。

だが、いま、応対している芳江には芯の強さがあり、家中《かちゅう》でも賢夫人として知られたきぬを思わせるものがあった。

あるいは、義理とはいえ、母であったきぬにいつの間にか感化されて似てきたのだろうか、それともきぬの霊が取り憑《つ》いたのか、と将監は気味悪く思った。

それでも吉左衛門に何が起きたのかを質《ただ》さねばならないと思った。

「そなたは火事の騒ぎで何も見なかったというが、椎野はきぬ殿の部屋のあたりで死んでおった。そなたは先に逃げるつもりでもきぬ殿の部屋を一度もうかがわぬはずはない。椎野がいたのを見たのではないか」

将監が訊くと、芳江はかすかに笑みを浮かべた。

「ご家老様、わたくしは何も見ておりません。もし見ていたとしたら、椎野様がなにゆえ夜中に白鷺屋敷に来られたのか、わかりましたものをと残念でございます」

吉左衛門が白鷺屋敷の女たちを抹殺しようと忍び込んだことを当てこするかのように芳江は言った。

その言葉には家中きっての名門、佐野家の嫡男の妻としての重みがあった。さすがに将監もたじろがざるを得ないところがある。

苦い顔をした将監は、

「椎野のことはわしが取り調べたうえにて、処置いたす。今後のことを考えれば、奥方には忘れていただくほうがよいかもしれぬな」

「それは、わたくしと娘はもはやお咎めを受けぬということでございましょうか」

将監はさらに苦々しげな顔になって、

「さよう心得てよろしかろう」

と言った。芳江は佐野家同様の名家から嫁いだだけに、家中に親戚も多い。吉左衛門が将監の了解のもとに、ひそかに斬ろうとしたことが伝われば、思わぬ敵を作ってしまうかもしれない、と将監は思案した。

芳江が頭を下げて礼を述べて座敷を出ていった後、将監は初から話を訊《き》くことにした。

町奉行所の役人に命じて初を座敷に連れてこさせた。

初は伊都子に付き添われておぼつかない足取りで座敷に入ってきた。着物の下に傷の手当てをした布を巻いているらしく、胸から肩にかけて、やや厚ぼったくなっている。

それでも初はやつれた様子でさえ美しく見える。

初は伊都子に支えられて将監の前に座った。

将監は初の肩のあたりをじろじろと見て、

「傷は痛むか」

と訊いた。初はかすかにうなずいた。

「少々、痛みます」

「そうか。では、手短に訊《たず》ねる。傷を負ったしだいを話してもらおうか」

問われて、初は少し考え込んだ。やがて、
わかりませぬ
と小さな声で言った。

「わからぬとはどういうことだ。よもや気づいたら、傷を負っていたなどと申すのではあるまいな」

「まことにそうなのでございます。わたくしは椎野様のお指図により、裏門を開けて、椎野様を屋敷にお入れしました。その後、椎野様は義母のお部屋に行かれました」

「ほう、椎野はきぬ殿の部屋に参ったのか。何をしに参ったのかわかるか」

「いえ、なにやらお話をされていたようですが、わかりません」

初は頭を横に振った。

「それで、椎野がきぬ殿と話をしている間、そなたはどこにいたのだ」

「わたくしは自分の部屋に戻っておりました」

初は淡々と答える。

「ほう、椎野が夜中に来たからには何かが起きるとわかっていたであろう。それなのに自分の部屋に戻ったのか」

将監は意地悪く訊いた。

「だからこそ、戻ったのでございます。巻き込まれたくなかったのでございます」

「つまりは自分だけ助かろうとしたわけか」

将監がつめたく言うと、初は微笑んだ。先ほど芳江が見せた笑いに似ていた。

「さように思ってはいけないのでしょうか。椎野様はさようにするよう仰せでした」

初はじっと将監を見据えた。

将監は背筋にひやりとするものを感じた。

この女は椎野が白鷺屋敷の女たちを斬って厄介ごとに決着をつけようとしたことを知っているのだ。しかし、椎野の指示に従っていた初が手傷を負い、しかも椎野が死んでしまったのはなぜなのか。

「斬られたときのことを申せ」

突きつけるように将監は言った。

「ひとの怒鳴り声や大きな物音がいたしましたので、部屋を出て、義母のお部屋に駆けつけようとしました。ところが縁側を進んでいくと、いきなり暗闇の中で斬りつけられたのです。わたくしは庭に倒れました。それから、何が起きたかは気が動転いたしておりましたゆえ、よくわからないのでございます。武家の女子としてあるまじきことにて、お恥ずかしゅうございます」

「そんなことはない。そなたは何もかも知っているはずだ」

将監が決めつけると、初は首をかしげた。

「わたくしが何を知っていると仰せなのですか」

「椎野はこの屋敷であることをなそうとして、夜中に来たのだ。しかし、そのことはできずに、却って椎野と家士ふたりが死んだ。おそらく殺されたのだ。そのことをそなたは知っているはずだ」

将監は底響きする声で言った。初はあたかも生命の無い人形のように無表情なまま、

「ご家老様は酷《むご》いお方でございます」

と恨むかのように言った。

「わしが酷いというのか」

将監も能面のような表情で問い返す。

「はい、椎野様がなそうとしたことをご存じのはずでございます。それなのにわたくしの口から言わせようとなさいます」

初は笑みを含んで言った。将監は思わず、言葉を失った。

(白鷺屋敷の女たちはすべてを知ったうえで、椎野吉左衛門と家士ふたりを殺したに違いない)

将監が初をにらみ据えた。膝の上に置いた手が震えた。将監が何か言葉を発しようとしたとき、伊都子がみじろぎして口をはさんだ。

「初様は傷のため熱が出ておられます。これ以上は無理かと存じます」

将監は大きく吐息をついた。

「そうか。ならば、そなたが見たことを、いまこの場で申せ。そなたは白鷺屋敷の女たちとは違って、真のことを話せるはずだ」

伊都子は呼吸を整えてから答える。

「わたくしが見ましたのは、きぬ様と椎野様が話をしておられましたが、突然、おふたりとも倒れられ、椎野様の家士の方たちが初様に斬りかかったということだけでございます」

「それでは、まるで魔物に操られたかのようではないか」

将監がうんざりした顔で言うと、初が口を開いた。

「たしかにさようです。白鷺屋敷は烏天狗《からすてんぐ》の面をかぶった男が現れてから魔物に魅入られていたのです」

初は挑みかかるように将監を見つめた。

二十二

将監が取り調べを打ち切って庄屋屋敷を去ると、初は奥の部屋で床に入った。

伊都子が言った通り、熱が出ていた。

伊都子が薬湯を煎じて持っていくと、初はわずかばかり飲んで横になった。

初は目を閉じたまま、伊都子に語りかけた。

「わたくしたちをかばってくださってありがとうございました」

「いえ、かばうなどという気持ではございません。わたしの心が感じたままのことをご家老様に申し上げただけでございます」

伊都子が答えると、初は笑みを浮かべた。

「では、本当に白鷺屋敷には烏天狗のような魔物が取り憑いていたのかもしれませんね」

「そんな気がいたします」

伊都子はうなずきながら、初の顔を見つめた。初の傷の手当てをしたおりに初が陶然とした表情になって、宙を見据え、

「やはり、来てくださったのですね」

と言った。あのとき、初は誰のことを思い浮かべていたのだろう、と気になっていた。

伊都子が見つめているのを感じたのか、初は微笑を浮かべて、

「わたくしに何か訊きたいことがおありなのでしょう」

とつぶやくように言った。

「お訊きしてもよろしいでしょうか」

「なんなりと」

初ははっとするほど、澄み切った声で答えた。

伊都子は思い切って、

「初様には心の中でずっと思っていらっしゃる方がおいでだったように思えてな

らないのです」

と訊いた。初はしばらく黙ったが、目を閉じたまま、

「それはわたくしにもわかりません。ただ、時折り、わたくしの胸の中に誰かがいるような気はいたしました」

「それが、どなたなのかはおわかりではないのですか」

「わかりません。わたくしは佐野千右衛門に嫁した身ですから、わかってはいけないのだと思います」

「そのお気持はわかります。決して自分にも知らせてはいけない気持なのですね」

伊都子はせつなく思った。

「はい、義母上様は白鷺屋敷の女たち皆とこれから生まれてくる子を守るために闘われました。でも、わたくしは違うように思います。大切なひと一人を守るために闘ったような気がいたしております」

初はほっとしたように言うのだった。

伊都子が薬を置いて自分に割り当てられている部屋に戻ると、春がやってきて、声をひそめ、

「ゆりさんとそのさんは村のひとの世話を受けて無事に暮らしているそうです」

と告げた。

「それはよかった。これで、きぬ様がなさろうとしたことの半分だけはできたことになりますね」

伊都子が言うと、春は首をかしげた。

「後の半分とは何でしょうか」

「芳江様と結様、初様がお咎めを受けずに生きていかれることです」

伊都子は言いながら、あらためてきぬの深謀遠慮に思いをいたした。

本来なら上意討ちを受けた一族はことごとく死罪が当然である。それなのに、きぬは白鷺屋敷に幽閉されたことや吉左衛門がひそかに女たちを抹殺しようとしたことを逆手にとった。

女たちだけの手で吉左衛門をいわば返り討ちにし、そのことで藩の弱みを握った。吉左衛門の死について明らかにすれば、佐野家や女たちの実家の親戚が憤り、家中に溝ができてしまうだろう。それを避けるためには、芳江と初に寛大な処分をするしかなかった。

きぬはそこまで読み切ったうえで、自ら毒を飲み、命を投げ出して女たちを救ったのだろう。

春がため息をついた。

「大奥様はご立派な方でした」

「本当にそうですね」

伊都子はうなずいたとき、不意にきぬの笑顔が脳裏に浮かんだ。知らない間に涙が頰を伝った。春も袖で顔を覆い、肩を震わせた。

ひとがひとを思い、生きさせようとすることはかくもせつないのか、と伊都子は思うのだった。


白鷺屋敷にいた女たちの処分が決まったのはひと月後だった。

辻将監が自ら庄屋屋敷を訪れると、芳江と初に、

「その方たち、実家にもどることを差し許す。今後は慎んで仮にも佐野了禅の上意討ちについて無実であるなどと口にしてはならん。もしさような振る舞いがあれば、ただちに遠島といたす。さよう心得よ」

と言い渡した。

芳江が手をつかえ、

「ありがたく存じます」

と言うと、初も手をつかえたが、何も口にしなかった。

将監はじろりと初を見た。

「椎野吉左衛門と家士ふたりが死んだことや、さらに医師の戸川清吾も不審な亡くなり方をしたことは、何も不問にしたわけではないぞ。いずれ何か証拠立てるものが出てくればあらためて取り調べる。さよう心得よ」

将監の言葉を聞いて、初はゆっくりと顔をあげた。

「わかりましてございます」

初は鈴を鳴らすような声で言った。

将監は顔をしかめて引き揚げて行った。

——翌日
芳江は結とともに実家の屋敷に引き取られることになった。初に実家から迎えが来るのは三日後のことだという。

庄屋屋敷を出る時、結は振り向いて見送る伊都子や春に声をかけた。

「初様はどうされたのでしょう」

初はこの日、朝から具合が悪いと言って部屋に引き籠っていた。

「お加減が悪いようです」

伊都子が答えると、結はうなずいて、

「わたしがお礼を申しあげていたとお伝えください」

と言った。

伊都子はうなずきながらも、

「何のお礼でしょうか」

と訊いた。結は無邪気な笑顔になった。

「わかりませんけど、わたしがこうして生きているのはおばあ様と初様のおかげだという気がしますから」

たしかにそうに違いないと伊都子は思った。同時に初はなぜ、それほどまでに結に思いをかけたのだろう、と訝《いぶか》しく思った。

きぬにとって、結は孫である。孫を守るために祖母が命をかけるのは、当然のことのようにも思えた。

だが、初にとって結は血のつながりはない。佐野家の血筋を守るという大義はあったにしても、初にとって切実なものだったろうか。

そんなことを伊都子が思っていると、結が顔を輝かして、

初様

と言った。

伊都子が振り向くと初がおぼつかない足取りで庄屋屋敷から出てきた。

結が駆け寄って初に抱きついた。

初も結を抱きしめた。

その様子を見て、芳江が頭を下げた。初も結の肩に手を置いて、

「お元気で」

と言ってから、芳江に向かって頭を下げた。

芳江と初は一瞬、見つめあったが、何も言わなかった。芳江は結を連れ、実家から来た家士とともに去っていった。

初は芳江と結の後ろ姿をいつまでも見送った。

——三日後

初の迎えが来るという日、春が伊都子の部屋に来た。

「初様の姿が見えないのですが、どうされたのでしょうか」

春が心配げに言うと、伊都子も不安が胸を過《よぎ》った。

「どこかにおられると思いますが、念のためにふたりで捜しましょう」

伊都子は部屋を出て、庄屋屋敷の中を捜しまわった。だが、どこにも初の姿はなかった。

「どうされたのでしょうか」

春が青ざめて言った。

「大丈夫です。初様は強い方ですから」

伊都子は春に心配しないように言いながらも、庄屋の使用人たちに頼んで屋敷のまわりも捜した。

だが、見つからない。

「もしかすると、白鷺屋敷の焼け跡に行かれたのではないでしょうか」

春が伊都子に言った。

まさかとは思ったが、伊都子は春とともに、焼け跡まで捜しに行った。

焼け跡に近づいた時、春が、

「あそこにいらっしゃいます」

と声を上げた。

見ると、白っぽい着物を着た若い女が焼け跡を眺めるように立っている。

「初様」

伊都子は声をかけながら、駆け寄った。だが、焼け跡の傍まで来たとき、いままでいたはずの女の姿はかき消えていた。

「そんな、いまここに確かにおられたのに」

春は泣きそうな声で言った。

「ほかを捜しましょう」

伊都子は焦る気持を抑えながら、春とともにあたりを捜した。だが、どこにも初の姿は見当たらない。

（どこへ行かれたのだろう）

伊都子は困惑しながら庄屋屋敷に戻った。

この日、初はとうとう帰ってこなかった。

翌朝になって近くの百姓が庄屋屋敷に駆け込んできた。

白鷺屋敷からさほど遠くない木瀬川の河口で女の死体が揚がったという。庄屋の使用人からそのことを教えられた伊都子は、春とともに河口へと急いだ。河口についてみると、人だかりがしている。百姓に導かれるまま、人だかりの中に入っていくと死体に筵《むしろ》がかけられている。

村役人が伊都子を見ると、顔をあらためて欲しいと言った。伊都子は恐る恐る死体のそばに跪《ひざまず》いた。

村役人が筵を上げて顔を見せた。伊都子の口から悲鳴が漏れた。

初様
亡骸は初だった。水をあまり飲んでいないのか、青白いもののととのった顔のままだった。春が跪いて嗚咽《おえつ》した。

河口の上の空を白鷺がゆっくりと舞うように飛んでいる。

二十三

伊都子は初の亡骸《なきがら》をあらためた。水はほとんど飲んでいないようなのは、川に飛び込む前に毒を飲んでいたからかもしれない、と伊都子は思った。あるいは、初は水中に落ちたときはすでに絶命していたかもしれない。

（初様は苦しまずにすんだのだろうか、そうであって欲しい）

伊都子は心の底から願った。

春が涙をぬぐって口を開いた。

「初様はおかわいそうな方でした」

伊都子は春の顔を見た。

「あなたは初様を嫌ってはいなかったのですね」

「初めは嫌っていました。初様が輿入《こしい》れされてからお屋敷の殿方は大殿様までなんとなく浮足立ってしまわれたものですから。わたしだけでなく、ゆりさんとそのさんもそうでした。わたしたちは、初様が男の心を弄《もてあそ》ぶひとだと思っていました。だから、千右衛門様とゆりさんが深い仲になっても初様に同情はしなかったのです」

「そうだったのですか。でも、それが変わられたのですね」

伊都子は確かめるように訊いた。

「はい、大殿様たちが上意討ちにあったとき、わたしたちは白鷺屋敷にいました。大奥様が女たちを皆、集められて、わたくしは死ぬつもりだが、皆には生きてもらう。そのために力を合わせてくれ、と言われたときから、初様は変わられました」

春は思い出してため息をついた。

「どんな風に変わられたのです」

「それまで、初様はおとなしくて、はっきり物を言われない方だったのです。その様子が殿方にはかわいらしく見えるのだろうと、わたしなどは腹立たしく思っていました。いまにしてみれば、まことに申し訳ないことでございました」

春はまた涙ぐんだ。

「それで、初様は皆が助かるために、わざと仲が悪いふりをされたのですね」

「はい、皆で生きようとしているとお役人に思われたら、お咎めを受けるだけだから、おたがいに悪口を言い合ってお役人の目を晦《くら》ませようと言われたのは初様です」

「そして初様が自ら憎まれ役を買って出られたのですね」

初はなぜそこまでしようと思ったのだろう。それまで、佐野家の嫁として認められていなかったためなのだろうか。

しかし、初はもっと素直な正直な心持ちだった気がする。

もし、命を賭けてでも何事かをなしとげたい、と思ったとしたら、それは見栄や意地からではなく、本当にしたいと思ったことであるに違いない。

初の亡骸は実家に引き取られていった。

嫁ぎ先が上意討ちにあい、初もまた自死であったことから、葬儀は身内でひっそりと行われ、伊都子は参列を遠慮した。

白鷺屋敷での務めを終えた伊都子が実家に戻ると、父の桑山昌軒と母の竹が待ち受けていた。伊都子が居間であいさつすると、昌軒は大きくため息をついた。

「とんだことであったな、白鷺屋敷での仕事がかほどに大事になるとは思っていなかった。随分と死人が出た」

昌軒はしばらく黙ってから、

「戸川清吾殿も亡くなられたな」

とつぶやくように言った。

昌軒は清吾が将来、大きな医者になると期待していただけに清吾が急死したことが信じられないようだった。

清吾は急病で亡くなったことになっているが、医師である昌軒には、どことなく不審なものが感じられるのではないか。

おそらく藩の秘事に関わることだ、と思って黙っているのだ。それだけに清吾が何かの犠牲になったように思えるのだろう。

だが、白鷺屋敷に来た清吾はかつて伊都子が憧れていたひとではなかった。もともとそういう男だったのか、それとも初が持つ妖しいものに魅《ひ》かれ、道をふみはずしていったのかはわからない。

白鷺屋敷で目にした清吾は小心でおのれの欲望にひきずられていたように思える。

さらに、清吾が附子《ぶし》の毒を持ちこんだことで、事態はさらに凄惨になっていったのではないか。

附子の毒が無ければ、きぬが椎野吉左衛門と刺し違え、初がそれを助けることぐらいで終わっていたのかもしれない。

しかし、附子の毒を手にしたことで、きぬと初はより巧妙な罠《わな》を吉左衛門に仕掛けることを考えるようになったに違いない。

そう思うと、清吾の心に生じた邪念が疎ましく思えた。初は清吾をどう思っていたのだろう。

伊都子が吐息をつくと、昌軒はあわてた様子で、

「疲れたであろう。今日は休め。そして白鷺屋敷のことは忘れるのだ」

と言った。あたかも白鷺屋敷で生じた悪《あ》しき因縁を払おうとするかのように昌軒は大きく手を振った。

親だからこそ、娘に何かよからぬことが降りかかったと察してくれるのだ。伊都子はありがたく思いつつ、頭を下げて立ち上がると自分の部屋に向かった。すると、娘を気遣うのか竹がついてきた。

母親らしく部屋で休む娘の世話をするつもりなのかと思った。伊都子が部屋に入ると続いて入った竹は後ろ手に障子を閉めた。

伊都子が訝しむと、竹は懐から書状を取り出した。

「白鷺屋敷が焼けてしばらくしてから届いた手紙です。お父様に見せると、騒ぎになるかもしれないと思って隠していました」

竹は緊張した顔で言うと、書状を差し出した。

日ごろ、昌軒に従順な竹が隠し事をするなど珍しいと思いつつ、書状を受け取った。表に、流麗な女文字で、

伊都子様

とある。裏の差出人の名を見て、伊都子ははっとした。そこには、

初

と書かれていた。

竹が声をひそめて言う。

「やはり、白鷺屋敷の方なのですね。その方から頼まれたという村の者が届けてくれたのですが、これはあなただけが読んだほうがいいように思います」

伊都子はうなずいた。

「はい、そのほうがよいと思います」

竹は微笑した。

「そうですか。お父様に隠し事をしたのは初めてですから、落ち着かない気分でおりました」

ありがとうございます、と伊都子が頭を下げると、竹は静かに部屋から出ていった。

伊都子は座って書状の封を切った。

読み進むにつれ、そこに書かれているのは初の偽らざる心情であることがわかった。

伊都子の目にしだいに涙が滲んできた。

この書状が伊都子様のもとに届くとき、おそらくわたくしはこの世にいないと思います。

白鷺屋敷で何が起きたか、伊都子様はすでに知っておられると思いますが、それは表立ってのことで、わたくしの心とは懸け離れたことのようにも思えます。

それゆえ、この手紙を認《したた》めました。

わたくしの思いを伝えることができるのは、ほかに誰もいないからです。

佐野家の義母上様はとても立派な方で武門の女子としての生き方を貫かれました。しかし、わたくしは違いました。

行き惑い、行き暮れたあげくに、義母上様の言われることに従ったのです。それが、わたくしにとっての大切なものを守ることになる、と思ったからです。

しかし、そのことは誰にもよくはわからないのではないかと思います。

佐野家に嫁する前、わたくしは椎野吉左衛門様との間に縁組が進んでいましたから、吉左衛門様の妻になるのだ、と思っておりました。

そのころ、吉左衛門様は藩医であった父、滝田道栄のもとに何かにつけて用事を作っては屋敷に来ておられました。

そして屋敷でわたくしを見かけ、廊下ですれ違うおりなどは、親しげに声をかけ、時には袖に触れるような振る舞いもされていました。

そんな時、わたくしは縁組話が進んでいるのだからと慎みを忘れずに笑顔でいたように思います。

吉左衛門様がそのことをどのように思われたかはわかりません。

ただ、白鷺屋敷に取り調べに来られるようになってからの吉左衛門様がわたくしを見る目はまるで不貞を働いた女を見るように軽んじ蔑むものがこもっていました。

それでいて、吉左衛門様はわたくしを救ってやると言わんばかりのことを言葉の端々に匂わせていました。

わたくしが義母上様のされようとしていることを助けようと思ったのは、吉左衛門様に救われることが嫌だったからでもあるのです。

なぜかと言えば、わたくしが佐野家に嫁した後、吉左衛門様が家中で、わたくしが言い交わした仲であったのに、名家からの縁組話があると、裏切ったと言い触らしていたことを知ったからです。

初めはそのことをまったく知らず、佐野家に入って嫁として努めていこうと思っていただけでした。

椎野家との縁組話が進んでいたのに、佐野家に嫁することになったと父から聞かされたときも、女子の縁組は親が決めるものだからと、何の不審も抱きませんでした。

ところが嫁してみると、千右衛門様がわたくしにひどくつめたくされるのです。婚礼をあげた日から、寝所もともにしようとはされませんでした。

なぜ、そうなのか初めのころはわからずに悩みました。ですが、ある時、千右衛門様はわたくしに、

「吉左衛門とはどうだった」

と訊かれたことがあります。わたくしが何のことかわからず、答えられずにいると千右衛門様は、

「そうか、やはりな」

と言って笑われました。

後になって千右衛門様が邪推していたのだ、とわかりましたが、その時には、濡《ぬ》れ衣《ぎぬ》を晴らしたいという気持は薄れていました。

たとえ、わたくしがどう言おうとも、千右衛門様は疑いたいから、疑うのだ、と思ったのです。

吉左衛門様も千右衛門様もともに、実際のわたくしを見ようとはせず、ご自分が見たいわたくしを見ているのだ、とわかりました。

とは言っても、こんなことが一度にわかったわけではありませんでした。日々の家事に追われるようにして過ごしている間に水滴が何かの器に少しずつたまっていくように満ちて、縁からあふれ出たようになったとき、初めてすべてのことがわかったのです。

その間、わたくしの心を慰めてくれたのは小一郎様でした。そして、わたくしを悩ましたのは家士の堀内権十郎でした。

小一郎様はわたくしにさりげなくやさしく接してくださり、わたくしは小一郎様とたまに言葉をかわすときだけ、心安らぐ思いがしました。

そして結殿という子にも恵まれた義姉上《あねうえ》様を羨ましく思うようになりました。

誰にも言えないことでしたが、小一郎様に嫁したのであれば、満ち足りた思いで生きられたのではないかと思いました。

もし小一郎様の妻であったら、もし結殿がわたくしの娘であったら、と不埒《ふらち》な夢を見るようになっていました。

そんな思いを胸に抱くことが心の隙になったのでしょうか、権十郎が何かにつけてわたくしにつきまとうようになりました。

ある雪の日に外出したわたくしが雪におおわれて見えなくなった小川に落ちそ

うになったことがあります。

わたくしを小一郎様が抱き止めてくださり、助かりました。そのおり、小一郎様にふれたことで、わたくしの胸は高鳴り、夢が少しかなったように思いました。それは許されぬことだと、当然わかっておりました。

実際にそうなることなどないと思っていましたが、胸の裡でわずかに、そんな自分を思い描くことは許してもらえるのではないか。

千右衛門様から妻としてあつかわれていなかっただけにそう思ったのです。しかし、権十郎はそんなわたくしが、不義密通をしているのではないか、と疑い、そのことを匂わせるようになっていきました。

権十郎も吉左衛門様や千右衛門様と同じでわたくしの本当の姿を見ようとはせず、自分が思い描いたわたくしに邪念を募らせていったのです。

だれにも相談することもできず、わたくしは思い悩んでいましたが、そのうちにこれほどまでに男のひとから思い違いをされるのは、実はわたくしの中にそんな自分がもうひとりいるのではないか、と考えるようになりました。

もうひとりのわたくしは男のひとの心を弄ぶ女なのだと。そう思うと不思議なことに、少し心が軽くなりました。

わたくしが自分でしていることなのだから、仕方がないのだ。そのことの罰を受けているのだ、と思うと諦めることができたのです。

それと同時に、わたくしは本当の自分も心の中で思い描きました。小一郎様の貞淑な妻となり、結殿のやさしい母である自分です。

佐野家で日々を過ごしながら、わたくしは心の中で本当の自分として生きようと思いました。それは不義密通ではない。ただ、小一郎様の妻、結殿の母として心の中で振る舞うだけでした。

心の裡は誰にもわからない。

そう思って生きていましたが、義姉上様はそんなわたくしの何かに気づかれたようです。義姉上様はわたくしを憎むようになっていきました。

そんな義姉上様にわたくしは、男のひとの心を弄ぶ女だと思われ、蔑まれたほうがよいと思いました。

わたくしが心の中で抱いている小一郎様や結殿との小さな幸せのことは知られてはならない。

それよりも悪い女子として憎まれたほうがいいと思ったのです。

佐野家が上意討ちにあい、義父上《ちちうえ》様や千右衛門様だけでなく、小一郎様も亡くなったと聞いた時、わたくしは生きる縁《よすが》を失いました。

小一郎様の後を追って死のうと思いました。あの世でならば、小一郎様とともにいられると思ったのです。

ですが、死ねずに、生きてしまいました。その時になって義母上様から白鷺屋敷の女たちを生かしたいという話を聞きました。

ゆりが千右衛門様の子を身籠っていると聞いても、わたくしは何とも思いませんでした。そういうことがあるだろう、とはかねてから思っていたのです。

何の憤りも湧かず、こんなことになってゆりが気の毒だな、と思うばかりでした。

しかし、わたくしは義母上様の話を聞いているうちに、ふと思ったのです。義姉上様と結殿を生かして、自分は死のう、と。

義母上様が死を覚悟されているのは、わかっていました。

ですが、義母上様ひとりだけが死んでも皆を救うことはできそうにない、と思いました。

わたくしがともに死ぬ覚悟を定めれば義姉上様と結殿を生かすことができる。そうなれば小一郎様のもとにわたくしひとりだけが行くことができるのだ、と思いました。

同時にそれは、心の裡でひそかにわたくしの娘だと思っていた結殿を救うことでもありました。

結殿を救ってあの世に行けば小一郎様に喜んでいただけるに違いない。そう思うと、わたくしの心は震えました。

わたくしは本当のわたくしになることができると思いました。

ですが、このときまでは、わたくしの覚悟はひとりで勝手に思い描いているだけのものでした。

そうではない、と知ったのは上意討ちの際に死なずに生き延びた小一郎様が白鷺屋敷のわたくしのもとに忍んできてくれたからです。

小一郎様は堀内権十郎がわたくしのもとに来ているのではないかと思って生き延びてくださったのです。

そのことを知ってわたくしの心が通じたのだと思いました。普通ならばかような思いは不義密通に違いない。

しかし、上意討ちにあってすべてを失い、いずれにしても死ななければならない、小一郎様と生きて会えたのは、神仏のご加護あってのことです。

義姉上様と結殿を助けて小一郎様とともに死のうと思いました。わたくしはそう思うと、小一郎様の胸に抱かれることができました。

やがて忍んできた権十郎をふたりで成敗しました。

権十郎を刺して手を血で染めたわたくしはかつての自分とは別人になっていたように思います。

心の中で作り上げていた男の心を弄ぶ女子と小一郎様の貞淑な妻である女子がわたくしの中から立ち現れていました。

小一郎様は権十郎を殺め、佐野屋敷の焼け跡に戻って切腹されました。わたくしは妻として一日も早く小一郎様を追わねばならないと心を定めました。

そのころ医者の戸川清吾殿がわたくしの前に現れました。戸川殿はわたくしを吉左衛門様や千右衛門様、権十郎と同じような目で見ました。

疎ましいとしか思いませんでしたが、戸川殿が附子の毒を持っていることを知って、義母上様に話しました。

すると、義母上様は附子の毒を手に入れるように、わたくしにお命じになりました。わたくしは義母上様の言葉に従って戸川殿に近づき、附子の毒を手に入れました。

ゆりが身籠っていることを戸川殿が吉左衛門様に報《しら》せようとしているとわかっ

たとき、義母上様は戸川殿に毒を盛るように、と言われました。

わたくしはためらわずにそうしました。

戸川殿がどのような目でわたくしを見ているかわかっていました。その目をふさぎたいと思っていました。

そのような男の目さえなければ、わたくしはもっと違った生き方ができた、と思ったのです。

なにはともあれ、義母上様とわたくしはお芝居を続け、少しずつ、吉左衛門様をおびき出し、白鷺屋敷の女たちが生き延びられるように仕向けていきました。

最後の夜、義母上様はわたくしひとりを部屋に呼ばれて、

「あなたには随分と辛い思いをさせました。許してください」

と頭を下げられました。

わたくしは、とんでもない、と申し上げました。

義母上様が身を挺《てい》して、皆を生き延びさせようとするお気持がわたくしを救ってくれたのです、と思わず言葉が口から出ました。

わたくしは義母上様によって救われたのだ、という気持は嘘偽りのないものでした。後は死んで小一郎様のもとに参るだけです。

そのように思えたわたくしは、幸せなのではないかと思います。

読み終えた伊都子は静かに初の手紙を畳んだ。

初はどれほど正直に手紙を書いたのだろうか。真実の思いを手紙に託したのと同時に語れないことも多々あったのではないだろうか。

小一郎の妻になりたいと悲痛に願った初も、男の心を弄び、毒を盛ることもためらわなかった初も同時にいたような気がする。

そう思うと、伊都子はせつない、苦しい思いに襲われた。誰しもが自分の思い通りに、ありのままには生きられない。

ただ、もがき続けるだけなのだ。

伊都子は立ち上がると、中庭に面した障子を開けた。

中庭の上の空を見上げる。どこまでも透き通った青空だ。伊都子は初の亡骸が横たわった川辺を白鷺が飛んでいたことを思い出した。

あの白鷺が初かもしれない。たとえ苦しみに満ちていたとしても、初はやはり自分らしく生きたのだ。

ゆっくりと彼方《かなた》に飛び去る白鷺の幻影を伊都子はいつまでも見続けていた。

解説

WHYを希求する物語

冲方　丁

人の心は、うかがい知れない。

私たちは、言葉によって、おのれの願いを知り、他者の気持ちを察するすべを得た。そのため、ついつい人の胸の裡《うち》を知った気になりがちであるが、それは言葉の上だけのことに過ぎず、目の前にいる相手の本心ですら、永遠の謎とするしかない。

そしてだからこそ、誰かの内に秘められた本当の思いにふれることができたと信じられたとき、人間の心は感動を生ずるのである。

本作は、人間のそのような不理解と理解のせめぎ合いを生命とし、謎めく因縁の解明を骨子とした、ある心についての物語といえるだろう。

まずお断りしておきたいのは、本稿においては極力ネタバレを避けているということである。未読の方に配慮してのことだが、既読の方にも、ここで物語への興味を新たにして頂きたい。本作では、あえて読者に答えを推測させたり、先を読ませるような文言があらゆる場面で用意されている。そして全てが当然のごとく覆されるという、この精緻なまでの筆の冴えは、何度でも味わう価値のあるものだからだ。

それゆえ、解説を読むことで何もかもすっきりわかった気分にさせることは本意ではなく、本作の背景を強調することで、読者の興味をかき立てることを目指したい。

さて、まず着目すべきは、重要な視点人物である伊都子と、七人の女全員が、幽閉状態にあるということだ。女たちのうち三人が夫を持つが、その三人とも上意討ちに遭ったことが事件の発端となっている。

上意討ちとは、主君に逆らった家臣が誅殺《ちゅうさつ》されることをいうが、その場合、ときに家臣側は「枕を並べて討ち死に」となる。まず妻子を殺して食い扶持《ぶち》を減らし、残った男たちが可能な限り長く戦えるようにするのである。なぜそのようなことをするか。ひとえに「名」を遺《のこ》すためである。たとえ肉体は滅び、血筋が絶えようとも、途方もない事件を起こすことで語り草となり、結果的に家名が遺される。また、そう簡単に誅殺できないところを見せつけ、気分次第で家臣を殺すのではなく、より慎重な政治を行うことを後世の主君に促す。などというのは、当然ながら男の側の理屈である。もっといえば憤激を抑えられなかった者たちが口にする綺麗事《きれいごと》に過ぎない面もある。この理不尽な主張に従わされた七人の女が、それぞれの思いを胸に秘めつつ幽閉状態にされた。

それが、さらなる事件の発端となるのだが、この時点で、もう先が読めない。というのも歴史時代小説においては史料が存在し、有名な人間や組織ほど顚末《てんまつ》が広く知られ、先読みができてしまう。戦国時代や幕末ものなど、大事件であればあるほど、すでに大勢が知っているため意外性はなくなる。

だが幽閉されるといった密室状態になるや、歴史時代小説であっても先読みは不可能となってしまう。大きな歴史的推移のごく一部をなし、少数の人間しか知らない出来事では、どんな可能性も成り立つからだ。

影武者説なども、少数が一時的な密室状態になるからこそ成り立つ。徳川家康でいえば、たとえば関ヶ原の合戦直前に濃霧が立ちこめ、近くにいる者とてまともに認識できないといった密室状態があったうえで、影武者説が立てられている。

さらに安見藩という架空の藩が、これまた密室効果を生んでいる。九州の歴史のごく一部に過ぎないため、全体から細部を類推することができない。こうしたことから、読者は、七人の女や周辺人物たちの運命を予測できぬまま、頁《ページ》を繰るしかなくなる。

なお、史料好きの方のため、少しだけこの安見藩について言及すると、九州の福岡藩や人吉藩などが、葉室先生の念頭にあったのではないだろうか。いずれも家臣の力が強く、主君が苦労しがちだったからだ。とりわけ人吉藩では、本作同様、立てこもる家臣側を、主君側の兵が取り囲んで殲滅《せんめつ》する事件が起きている（寛永十七年。御下《おしも》の乱）。

ともあれ、こうした書き方をする理由は、古来、大きく分けて二つある。一つは物語の自由度を高めて純粋に面白くするためであり、もう一つは、人の心を描くためである。

史料が示すWHO, WHAT, WHEN, WHERE, HOWではなく、そこに実在したはずのWHYを描く。その最も古い例の一つが平安期の『栄花物語』だ。朝廷の中心部という密室に踏み込んだ、歴史物語の元祖である。しかし史料の正確性という観点からすると、人の心という他者にはわからないはずのものを書きつづった時点で信用に欠けるとされ、史料価値にはいちいち疑問符がつけられる。

ただ本当の問題は、出来事のみを記した史料ほど、実は意味不明になりがちだという点なのだ。事実らしいが、全くつじつまが合わない。研究者も因果関係がよくわからない。そのような史料は、世に山ほどある。

これは、誰が何をいつどこでどのようにしたか明らかにしたところで、そうしたことがらに一貫した意味を与えるのは、「なぜ」、すなわち人間の心だからだ。心の解明なくば、多くの史料は無秩序な出来事の羅列となる。あるいは、それこそ勝手な印象だけで、過去に存在した人物を平気で悪人にしてしまう。ゆえに千年も昔から、史料には決して埋めることのできない穴を補うようにして、物語が歴史を完成させてきたのであり、その物語もまた、最新の史料的発見や時代の変化を受けて更新されてきたのである。

人間は、確認がたやすい物事を証拠とみなして判断しがちだが、それでは人生の重要な意義を見失い、ひいてはあらゆるものの価値が損なわれてしまう。そうした主張は、現代でもしばしば見られる。たとえばイギリス出身のコンサルタントであるサイモン・シネックが提唱した「ゴールデン・サークル理論」の流行がそれにあたる。経営者が自らWHYを解明し、ビジネスを構築する者がイノベーションを担う云々《うんぬん》という理論である。

冷蔵庫が売れる事実の根源には、どのような人間の姿があるのか、そもそもなぜ人は冷蔵庫を作るのか。そういった解明への欲求が、社会に影響を与えるとともに、むしろ人間に歴史をつづらせたといっていい。

むろん史料は踏まえてしかるべきものだ。同時に、心の解明の意義を学ぶことで、我々が知るべき、そしてまた受け継ぐべきエッセンスのみを抽出することに成功した書き手だけが、本作のような物語をものすることができる。これを、登場人物や舞台が架空だからというそれだけの理由で、さぞ思いつくがまま書き手の好みで書いたのだろうなどと思えば、本書が解明する登場人物たちの心を味わい尽くすことはできない。

伊都子をはじめ、七人の女が明らかにするのは、過去と今をつなぐもの、すなわち、時代が移ろおうとも在り続けてきた人の心であり、尽きせぬ問いに包まれたWHYの一つのかたちである。やがて伊都子が辿《たど》り着く真実は、人間が繰り返し経験してきた、ある種の普遍的事実ともいうべきものだ。ぜひそれを心から味わってほしい。

今思うのは、葉室先生の胸の裡を聞くことがもはやかなわないということである。ここで私が書いたことを、先生がどう思うか伺えたなら、どんなに刺激になり学びになったか。改めて冥福をお祈り申し上げますとともに、先生らしい物語が、永く読み継がれることを願い、筆を擱《お》く次第です。

（うぶかた　とう／作家）

風《かぜ》のかたみ

朝日文庫

2020年10月30日　第1刷発行

著　者　葉《は》室《むろ》　麟《りん》

発行者　三宮博信
発行所　朝日新聞出版
〒104-8011　東京都中央区築地5-3-2
電話　03-5541-8832（編集）
03-5540-7793（販売）
印刷製本　大日本印刷株式会社

Published in Japan by Asahi Shimbun Publications Inc.
定価はカバーに表示してあります

ISBN978-4-02-264970-6